Luna Cole

SOMMARIO

DEDICA

'Conosce l'amore solo chi ama senza speranza.'

(Friedrich Schiller)

'Solo un amore impossibile può essere eterno '

(Anonimo)

TRAMA

Ellie Barnes è una fotografa professionista e ha un sogno: sfondare con le sue foto artistiche, il suo compagno, però, la soffoca ed Ellie sopprime la sua passione dedicandosi a ottenere entrate concrete tramite servizi su commissione.

Un'e-mail inaspettata cambia le carte in tavola: Ellie è stata selezionata per partecipare a un concorso tra migliaia di fotografi e, finalmente, potrà esprimere la sua arte.

Jake Harp è in grado di incendiare le donne con un solo sguardo, c'è qualcosa nei suoi occhi di ghiaccio: sono capaci di farti sentire nuda e priva di difese, ma soprattutto incapace di resistere. Grazie a queste doti è uno dei modelli più richiesti e pagati al mondo, la sua bellezza ultraterrena è contesa dagli stilisti più famosi.

Ellie sa che questa è la sua unica occasione, deve ottenere uno scatto perfetto, deve vincere il concorso. Per questo motivo prende coraggio e si decide a contattare Jake, lei lo conosce da anni, da molto prima che diventasse famoso, è stata proprio lei a fargli il primo book fotografico.

Quando lo rivede, però, si domanda se sia stata una buona idea. Jake accende in lei qualcosa che credeva non esistere, un'attrazione calda, sorda e pulsante che vorrebbe tacitare per sempre.

È un desiderio pericoloso quello che prova per lui e vorrebbe solo fuggire.

Eppure…

Jake e il pensiero dei tatuaggi sul suo corpo che non la lascia dormire la notte.

Jake e il suo fisico scolpito che la spinge continuamente a chiedersi cosa ci sia sotto i suoi vestiti.

Jake che, con la sua sola vicinanza, la fa sentire viva.

Jake che osserva attraverso l'obiettivo della macchina fotografica e sembra trasformare ogni suo scatto in un'opera d'arte.

Divisa tra quello che desidera e quello che non dovrebbe volere, Ellie scoprirà se per vincere le toccherà cedere o lottare.

Se vuoi sapere altro su di me e altre mie storie mi trovi sulla **PAGINA FACEBOOK Luna Cole Autrice e PROFILO AMAZON LUNA COLE**

CAPITOLO 1

L a pioggia battente sferza le strade quasi flagellandole, non ho fatto in tempo a uscire dalla metropolitana che già sono fradicia.

Se tanto mi dà tanto, la giornata non potrà che peggiorare.

Il mio umore nero, però, non dipende tanto dal tempo quanto da Harry, ormai siamo al limite e non mi serve che me lo ricordi la mia amica Kendra, lo vedo da sola anche se, per un bel pezzo, ho finto così non fosse.

Ho sempre sognato di fare la fotografa, di essere capace a

catturare l'attimo perfetto, di fare foto eccezionali, immagini che avrebbero fatto sognare.

Ogni attimo della mia vita è stato dedicato a fare corsi su corsi per migliorarmi, per capire come sfruttare al meglio una luce, un obiettivo, l'apertura dell'otturatore, qualsiasi cosa.

Sognavo di viaggiare e fare foto eccezionali, ma la verità è che mi sono ridotta, per lo più, a fare foto di matrimoni, comunioni, compleanni, eventi e noiosissimi book di aspiranti modelle e modelli.

I primi tempi non mi sono scoraggiata, dopotutto vivo a Londra, una delle più belle città del mondo e, anche senza viaggiare, posso lo stesso dedicare il mio tempo libero a catturare scatti meravigliosi nella mia città, poi Harry mi ha messo un freno e ha fatto in modo che il lavoro tradizionale aumentasse.

I sabati e le domeniche sono costantemente pieni di ricorrenze, mentre in settimana va tenuto aperto lo studio per i clienti che vengono a chiedere informazioni e per lavorare in post-produzione sui video e le foto che scattiamo.

Harry sostiene che spendo il mio tempo in modo antieconomico dedicandolo agli scatti che tanto amo, mentre andare a fotografare matrimoni e simili garantisce un reddito sicuro.

Dopo un po', non ho più potuto dargli torto.

Purtroppo, le foto artistiche di un'anonima fotografa non le compra quasi nessuno, soldi non ne portano, mentre con i servizi che facciamo ci garantiamo una fonte di reddito sicura e, così, il lavoro che amo è andato completamente a puttane e faccio semplicemente la fotografa su commissione.

Alla lunga mi sono come assuefatta, mi sono spenta.

A Harry, però, pare non bastare perché giorno dopo giorno diventa sempre più opprimente e dominante e, nell'ultimo periodo, non facciamo che litigare.

Vergognandomi enormemente, passo il mio tempo a coprire i lividi che mi lascia addosso anche se so che, dei nostri amici e conoscenti, non ci crede più nessuno che mi sono fatta male perché mi è caduto addosso il cavalletto facendomi un occhio nero.

Arrivo in studio fradicia e accendo tutte le luci. Stamattina sono da sola, Harry deve incontrare un cliente che vuole un servizio fotografico per il diciottesimo compleanno della figlia e io ho del tempo per me.

Kendra, scherzando, mi ha suggerito di dedicarlo alla ricerca di un appartamento per andarmene e, sinceramente, non credo fosse del tutto uno scherzo.

So che ha ragione, ma è difficile con lo studio e tutto quanto. È vero che è tutto intestato a me e che lui si è aggiunto dopo, ma è altrettanto vero che non sarebbe così semplice mandare avanti tutto da sola.

Quando accendo il computer, come prima cosa, avvio il programma di posta elettronica per verificare non ci sia qualche commissione in arrivo e, in questo preciso istante, la mia giornata cambia.

C'è un'e-mail che non mi sarei mai aspettata di trovare.

Un mese fa mi sono iscritta a un concorso fotografico, l'ho fatto di nascosto.

In fondo non ho dovuto fare altro che inviare un messaggio di posta elettronica. Era richiesta una breve presentazione e di allegare la foto che ritenevo il mio scatto più bello.

Ho allegato la mia preferita, una foto al tramonto scattata da Hampstead Heath al panorama di Londra vista da lì. Amo quello scatto rubato a un bellissimo tramonto invernale.

Apro l'e-mail agitatissima.

Gentile Ellie Barnes,

siamo felici di informarla che il suo scatto ci ha colpiti e l'abbiamo selezionata per partecipare al concorso.

Il tema della foto da scattare sarà: natura e perfezione.

La premiazione si terrà tra tre mesi a New York e, al primo classificato, andrà anche un premio di cinquantamila dollari.

Dovrà inviarci la foto entro il 15 novembre.

Speriamo di vederla a gennaio per la finale, in quell'occasione le foto esposte saranno valutate, oltre che dai nostri giudici, da un folto gruppo di personaggi del settore.

Buona fortuna,

Marcus Carter,

Team AlphaOne.

Il cuore mi batte a mille, sono stata selezionata per partecipare al concorso di AlphaOne, l'azienda di macchine fotografiche più importante del mondo.

Non ci credo.

Potrebbe finalmente essere la mia occasione di emergere, di farmi notare come fotografa professionista; se vincessi potrei

7

avere dei soldi da investire nel mio tempo libero per fare gli scatti che sogno.

Potrei entrare in contatto con riviste del settore, personaggi importanti, fotografi professionisti che sono *fotografi veri*, non gente che scatta foto a matrimoni.

Harry...

"Come faccio a dire a Harry che devo prendermi del tempo libero per fare una foto per partecipare al concorso?", mi va subito l'umore sotto le scarpe.

Devo dirgli per forza che parteciperò, la finale è in America, non è una cosa che posso fare di nascosto.

Cerco di dedicare il resto della mattinata a portare avanti più lavoro possibile e, quando lui arriva dopo pranzo, ho preconfezionato una palla credibile da raccontargli.

«Com'è andato l'appuntamento per il diciottesimo compleanno?», domando subito.

«Bene, ci faremo un po' di soldi. Gente ricca alla quale piace buttarli», commenta andando alla sua postazione di lavoro.

«Anche io ho una novità», abbozzo avvicinandomi.

«E sarebbe?», domanda lui portando lo sguardo su di me.

«Hai presente lo scatto che ho messo sul nostro sito? Quello di Hampstead?», domando fingendo indifferenza.

«Quella stupida foto per la quale hai buttato nel cesso tre giorni?», domanda lui sbuffando.

Immediatamente si accende in me la rabbia e il desiderio di litigare, ma mi mordo la lingua e ingoio la sua osservazione.

«Sì. Quella foto è stata notata dai giudici dell'AlphaOne per un concorso, ho tempo fino al quindici novembre per mandare uno scatto dedicato al tema che hanno scelto», spiego torcendomi le mani dietro la schiena.

«Ancora con questa cazzata delle foto artistiche? Ellie, non sei brava più di altri milioni di fotografi, non hai quel qualcosa in più. Rassegnati, per Dio! Hai quasi quarant'anni, sarebbe anche ora che tu mettessi i piedi per terra e dedicassi tutta la tua concentrazione al lavoro che svolgiamo insieme anziché perdere tempo dietro a queste cazzate. Credi che se avessi avuto chissà quale talento non saresti già emersa? Sai fare le foto, punto», sbotta fissandomi come se fossi stupida.

«Ci sono in palio cinquantamila dollari. Visto che mi hanno chiesto di partecipare, non vedo perché non farla una stupida foto per vedere se riesco a mettermi in tasca quei soldi», aggiungo per allettarlo con la questione economica che so essere il suo unico interesse.

«Cinquantamila?», domanda fissandomi.

Annuisco.

«Va bene, un giorno lo dedicherai a fare questa cazzo di foto, la manderai e non ci perderai altro tempo», afferma storcendo la bocca come se avesse appena ingoiato del veleno.

Avrei voglia di dirgli di andare a fare in culo, di domandargli chi si crede di essere per darmi ordini. Lo studio è mio, ho pagato io il mutuo per questi locali, ho iniziato io, da sola. Lui è un ospite e sarei io a dovergli dare degli ordini.

Tuttavia, onde evitare di farlo incazzare e di scatenare una lite qui dove potrebbero vederci anche dei clienti, sto zitta e vado a dedicarmi al mio lavoro.

CAPITOLO 2

D omenica notte parto per raggiungere la spiaggia di Hunstanton, una delle più belle di Norfolk. Voglio che il mio scatto rappresenti un attimo che secondo me è davvero perfetto, il sorgere del sole.

Fortunatamente arrivo che è ancora buio e ho tutto il tempo di posizionare l'attrezzatura come si deve. Appena il cielo inizia a cambiare colore, comincio a scattare cercando di cogliere l'attimo.

Quando mi fermo, ormai la luce ha cambiato tinta alla spiaggia, e ho il tempo di esaminare le foto che ho fatto collegando la macchina fotografica al portatile.

Le foto mi piacciono, sono belle, tutte molto belle, ma

manca qualcosa, è come se fossero prive di vita, piatte, senza movimento.

Ho pensato che avrei dato vitalità alla foto con le onde che si infrangono sulla spiaggia, ma è troppo poco. I colori sono buoni, la luce perfetta, l'attimo meraviglioso, ma la perfezione manca.

È uno scatto monotono, piatto, lo guardi e lo scordi.

"Come farò?", mi dispero mentre torno verso Londra.

È inutile anche partecipare con uno di questi scatti, verrei esclusa subito, non hanno niente di che e non capisco davvero come potrei fare a migliorare le immagini. Ho troppo poco tempo per farmi venire un'idea o per considerare un'altra location e pensare che momento della giornata abbinare allo scatto.

Quando arrivo a Londra mi rendo conto che, durante la mia assenza, deve aver piovuto, la strada è piena di pozzanghere.

Sono ferma al semaforo quando scatta il verde e sto per ripartire, ma una moto che sta sopraggiungendo accelera e l'acqua della pozzanghera schizza sul vetro della mia macchina.

Anziché incazzarmi, però, capisco: ecco l'idea.

Mi serve una persona nella foto, qualcuno di perfetto che corra sul bagnasciuga mentre sorge il sole e, con le sue falcate, produca degli spruzzi e movimento con il suo corpo.

Mentre continuo ad avvicinarmi al mio studio, la mia mente lavora febbrile e mi viene in mente subito una persona, l'unico che potrebbe rendere la mia foto davvero meravigliosa: Jake Harp.

Ho fatto miliardi di book fotografici per ragazzi e ragazze che si credevano i nuovi astri nascenti della moda, ma Jake, lui buca davvero l'obiettivo.

È di una bellezza ultraterrena, sembra provenire da un altro mondo.

Ancora prima di conoscerlo ricordo che mi aveva colpito la sua commissione, lui non aveva voluto un book scattato qui in studio, mi aveva chiesto di fargli delle foto nei posti più caratteristici di Londra e così avevo fatto.

Erano state le foto più belle che avessi mai scattato per un book fotografico e lui era meraviglioso.

Arrivata in studio sfoglio rapidamente il book e trovo i suoi dati, numero di telefono, indirizzo e-mail e di casa. Mandargli un'e-mail sarebbe più formale, ma Jake sta in Scozia, a Edimburgo, se devo farlo venire qui per una foto non ho molto tempo e ho bisogno di una risposta immediata.

"E se con la sua fama attuale non si ricordasse nemmeno chi sono?", non posso fare a meno di domandarmi.

Resta il fatto che se voglio lui per la mia foto, devo tentare.

Lo cerco su Instagram tanto per farmi un'idea e resto a bocca aperta: è molto più seguito di quanto ricordassi.

Il suo profilo conta più di un mezzo milione di follower e le sue foto hanno così tanti commenti che non perdo nemmeno tempo a guardarli.

Mi deprimo immediatamente dicendomi che non calcolerà mai la fotografa anonima di Londra che gli ha scattato quel primo book, poi scorro la galleria e mi colpisce uno scatto.

Si tratta di lui nudo, appena coperto dalle lenzuola, si vede parte del suo corpo meraviglioso, le braccia ricoperte dai magnifici tatuaggi, ma in primo piano c'è il suo viso stupendo e ci leggo ancora quel sorriso genuino, quella luce nello sguardo che mi aveva tanto colpito e aveva reso una gioia fare il suo book.

Tre anni fa, ai tempi degli scatti, aveva ventidue anni, era bello già allora, oggi ne ha venticinque e il cambiamento è evidente.

Resta comunque giovane, ma i suoi lineamenti si sono induriti, un velo di barba bionda gli ricopre la mandibola e il suo corpo deve essere stato scolpito alla perfezione da estenuanti allenamenti.

Augurandomi che il suo numero di telefono sia sempre lo stesso, decido di tentare il tutto per tutto e lo chiamo.

L'allenamento di oggi mi pare infinito, il mio personal trainer è indemoniato, mi sta distruggendo.

Per questo motivo, appena squilla il cellulare, lo afferro per rispondere.

«Jake, l'allenamento», mi rimprovera.

«È lavoro, non posso non rispondere», mi giustifico.

Guardando il display realizzo che è numero che non ho in rubrica e, di norma, rifiuto tutte queste chiamate, solitamente sono giornalisti del cazzo che si sono procurati il numero per rompere le palle per qualche motivo idiota, tipo chiedere se ho la ragazza e chi è, ma oggi farei di tutto per sfuggire cinque minuti a Kenner, quindi rispondo.

«Buongiorno Jake, non so se ti ricordi di me, sono Ellie», esordisce la voce di donna che subito non riconosco.

"Ellie...", rifletto sul nome pensando a chi possa aver dato questo numero.

«La fotografa di Londra, ti ho fatto un book», prosegue a riempire il mio silenzio e, improvvisamente, la rammento subito.

L'avevo scelta proprio perché faceva foto diverse dai soliti fotografi, mi sembrava molto concentrata sulla paesaggistica e io desideravo un book che colpisse.

«Ma certo, Ellie. Ora mi ricordo, le tue foto restano sempre tra le più belle che mi siano state scattate, come stai?», domando cortesemente.

«Bene, grazie. Ho visto il tuo profilo, complimenti! Hai fatto molta strada, avevo paura che mi mandassi al diavolo prima di telefonarti», si congratula.

«Grazie, be' è anche merito delle tue foto. Come mai mi hai chiamato?», domando poi andandomi a sedere su una panca mentre la faccia di Kenner mi promette che mi romperà doppiamente il culo appena metterò giù.

«Immagino ti sembri strano sentirmi dopo tre anni», risponde mentre la sua voce si fa incerta. «Io, ecco, avrei bisogno di te per una foto piuttosto importante, se ti va naturalmente», inizia a spiegare, «dovresti anche dirmi quanto vuoi, devo capire se me lo posso permettere...», aggiunge incespicando nelle parole.

«Di che cosa si tratta?», indago incuriosito.

Ellie inizia a spiegarmi di un concorso per la più importante azienda di macchine fotografiche e di che tipo di scatto ha bisogno.

Di norma rifiuterei, sono pieno di impegni fin sopra i capelli e, ai fini del mio lavoro, non mi serve niente del genere, ma Ellie ha fatto del suo meglio per me e, allora, non ero nessuno.

Mi ha trattato benissimo e fatto un prezzo ottimo per gli scatti, non me la sento di rifiutarle questo favore.

«D'accordo, quando devo venire?», mi informo appena finisce di spiegare.

«Sì, cioè, davvero?», domanda lei con voce carica di sorpresa.

«Certo che sì», rispondo ridacchiando.

«Avrei intenzione di scattare le foto su una spiaggia, ma verrei a prenderti all'aeroporto di Londra senza problemi. Devi però dirmi quanto vuoi per lo scatto e che volo preferisci, così ti compro il biglietto», risponde piuttosto agitata.

Ricordo il piccolo studio di Ellie, rammento quanto amasse fare foto artistiche e il suo racconto sulla vita vera, i conti da fare e il tempo speso dietro a scatti per nozze e feste private.

Non potrebbe mai permettersi di pagarmi e non ci penso nemmeno.

«È da un po' che desidero fare un giro a Londra e staccare un paio di giorni. Se venissi venerdì prossimo, andrebbe bene per te? Saresti in tempo per fare la foto sabato mattina?», domando rievocando mentalmente la mia agenda.

«Sì, andrebbe benissimo, pregando ci sia il sole», scherza Ellie.

«D'accordo, allora facciamo così. Quello che devi garantirmi è che ti troverò all'aeroporto venerdì sera e che quando mi farai svegliare nel fondo della notte, mi porterai un caffè. Per il resto è tutto gratis», propongo con tono scherzoso.

«Dici sul serio? Sei sicuro che non vuoi qualcosa per il disturbo?», insiste ancora.

«Certo, tu mi hai fatto il book che mi ha portato dove sono ora, sono più che felice di partecipare a questo progetto così importante per te, spero di ripagarti con lo stesso successo che hai portato tu a me», replico convinto.

Ellie mi ringrazia ancora per cinque minuti, poi mi saluta.

«Guarda che il tempo passato al telefono non mi ha fatto dimenticare che devi ancora fare cinquanta flessioni», si avvicina Kenner con le mani sui fianchi.

«Tranquillo, non l'ho scordato nemmeno io», alzo gli occhi al cielo andando verso il tappetino e riprendendo a farmi torturare da quest'uomo folle.

Scherzi a parte, posso solo ringraziare i suoi allenamenti per il fisico perfetto che riesco a mantenere e, nonostante il suo modo di fare da schiavista, sono più che felice di allenarmi con lui.

Mentre i miei muscoli si scaldano e urlano per il dolore dello sforzo, penso che il mio manager non sarà felicissimo di questa *gita fuoriporta*, per il fine settimana ha fissato la mia presenza a un party, ma mi fa sinceramente piacere dare una mano a Ellie e lui se ne farà una ragione.

CAPITOLO 3

«N on capisco perché tu debba fare altre foto», domanda Harry mentre siamo seduti a tavola.

«Semplicemente perché quelle che ho fatto non sono abbastanza belle e sarebbe come buttare nel cesso la partecipazione», replico stanca di ripetermi.

Quando fa così, impuntandosi e ponendo ogni due minuti la stessa domanda, è in arrivo una delle sue sfuriate, ma oggi non posso permettermelo, sono le otto e mezza e tra poco dovrò uscire per andare a Heathrow a recuperare Jake che atterrerà.

Mi alzo da tavola iniziando a sparecchiare.

«Ti stavo parlando», mi trapana la sua voce alle spalle.

«Mi sembrava la mia risposta fosse chiara», ribatto mettendo i piatti nella lavastoviglie.

«Ellie, non fare la furba con me, con le tue arie da fotografa professionista. Non vali più di me solo perché ti credi capace di estrarre chissà cosa da uno scatto. Devo ricordarti che sei ancora al punto da dove hai iniziato? Credi davvero che se avessi delle capacità non saresti già emersa?», domanda malignamente per provocarmi.

Sta cercando deliberatamente la lite.

«Ne abbiamo già parlato, Harry ma qui mi hanno invitato a partecipare a un concorso dove c'è in palio una bella somma, soldi che ci potrebbero essere utili per la nostra attività, magari per comprare apparecchiature nuove. Vista l'occasione voglio partecipare al meglio delle possibilità», rispondo buttandola ancora solo sul lato economico della vicenda.

Harry sbuffa.

«Dove stai andando?», domanda quando vede che prendo la borsa e le chiavi della macchina.

«All'aeroporto. Uno dei modelli per cui ho fatto il book ha accettato di prendere parte allo scatto. Visto che viene gratuitamente, il minimo che posso fare è andare a prenderlo e accompagnarlo in albergo», rispondo infilando la giacca.

«Mi auguro sia vero che non lo paghi», commenta storcendo la bocca.

«Certo, e poi gli estratti conto arrivano a casa, se non ci credi potrai controllare, adesso vado», rispondo infilando la porta senza nemmeno dargli il tempo di rispondere.

So già che, nei prossimi giorni, la pagherò in qualche modo per averlo piantato in asso mentre mi stava dando una delle sue lezioni di vita, ma ho fretta e non voglio fare aspettare Jake.

La prima cosa che penso, quando lo vedo arrivare al terminal, è che non me lo ricordavo abbastanza bene di persona e che le foto non gli rendono giustizia.

È talmente perfetto da rasentare la fantasia. Molte teste si voltano al suo passaggio, ma lui pare non accorgersene nemmeno o, forse, è talmente abituato che neppure ci presta attenzione.

«Che piacere rivederti, Ellie», mi saluta stampandomi un bacio sulla guancia.

«Altrettanto per me», replico stordita dal suo buon profumo e dalla sua presenza.

"Ellie, smettila immediatamente. Hai trentotto anni, lui venticinque. Trovati qualcun altro su cui sbavare in questo modo", mi rimprovero cercando di ricordarmi che sono una donna adulta e non una delle ragazzine che commentano sui suoi profili social.

Parliamo di amenità relative al viaggio mentre guido verso il suo hotel in centro.

«A che ora mi verrai a prendere?», domanda quando si appresta a scendere dalla macchina.

«Le tre?», dico come se fosse una domanda e storcendo la bocca.

Jake ride di cuore.

«Dio, Ellie. Lo faccio solo perché sei tu. D'altra parte, mi hai già spiegato che vuoi cogliere l'alba e quindi mi aspettavo qualche orario folle», risponde scuotendo la testa.

«Dobbiamo montare l'apparecchiatura, fare scatti di prova...», inizio a blaterare per giustificarmi.

«Non fa niente. Ho portato la tenuta da jogging come mi hai chiesto, metterò direttamente quella», mi interrompe lui posandomi una mano sulla spalla per tranquillizzarmi.

«Grazie, davvero. Se vincerò, ti darò la metà», propongo di slancio.

«Ma non se ne parla. Al limite mi porterai con te a New York», rifiuta lui dandomi un buffetto sul naso.

Scendo dalla macchina per aprirgli il portabagagli e fargli prendere la valigia.

«Allora a domani», sventolo la mano per salutarlo.

«A tra qualche ora, piccola Ellie», mi saluta chinandosi a darmi un altro bacio sulla guancia.

In effetti ha ragione, rispetto al suo metro e novanta e all'ampiezza delle sue spalle, sono davvero piccola con il mio metro e sessanta scarso.

Mi concedo di guardare solo per un istante il suo sedere perfetto fasciato nei jeans attillati, poi salgo in macchina e mi affretto a tornare a casa.

Alle due e mezza, quando inizio a prepararmi per uscire, mi trovo davanti Harry che comincia a vestirsi.

«Dove vai?», domando incerta.

«Vengo ad aiutarti. Ci ho pensato e in effetti hai ragione, cinquantamila dollari sono una gran bella cifra. Fai bene a partecipare, voglio fare la mia parte», replica avviando la macchina del caffè.

Non credo alle mie orecchie, sono quasi pronta a darmi una botta in testa per capire se sto ancora dormendo.

"Possibile che Harry abbia finalmente compreso?", non posso fare a meno di chiedermi.

Tuttavia, il tempo stringe e alle tre in punto siamo sotto l'albergo di Jake.

Non mi aspettavo che sarebbe stato così puntuale, ma è già davanti alla porta.

«Lui è Harry, il mio compagno, mi darà una mano», faccio le presentazioni.

«È un piacere», gli porge la mano Jake.

Harry in risposta grugnisce qualcosa di incomprensibile, ma non ci presto molta attenzione, tutto quello che mi interessa è arrivare al più presto sulla spiaggia di Hunstanton.

Fortunatamente il cielo è sereno e credo ci regalerà una bellissima alba.

Harry inizia ad aiutarmi a montare la strumentazione in silenzio mentre Jake si guarda intorno.

Quando è tutto pronto gli spiego da che angolazione deve correre sul bagnasciuga.

«Mi spiace solo che, probabilmente, ti bagnerai le scarpe», mi scuso per non aver pensato di portarne un paio vecchie io.

«Non preoccuparti, ne ho circa un miliardo, iniziamo», sorride lui.

Jake fa esattamente come gli ho detto, inizia a correre

avanti e indietro cercando di fare schizzare il più possibile l'acqua sul bagnasciuga.

Io scatto incessantemente per tentare di capire quale sia l'angolazione e il lato migliore.

Dopo mezz'ora mi fermo per guardare le foto e cercare di capire da quale posizione focalizzarmi per lo scatto perfetto.

Purtroppo, però, per quanto lui sia fotogenico, nessuna foto mi sembra avere quella magia e mi domando se io non abbia sbagliato tutto.

«Forse sarebbe meglio spostare la macchina, le luci e gli ombrelli dall'altro lato e fare qualche altro scatto di prova», propongo dopo aver scollegato la macchina dal portatile.

Sto per iniziare a spostare il cavalletto, ma Harry mi ferma.

«Ma insomma, mezz'ora di foto, cazzo! Mezz'ora a guardare questo coglione correre avanti e indietro e stai dicendo che nessuna è perfetta?», sbraita rompendo il silenzio pacifico del luogo.

Io sbianco per l'insulto che ha rivolto a Jake, che ovviamente ha sentito, sarebbe impossibile altrimenti.

Infatti, con la coda dell'occhio, lo vedo che inizia ad avvicinarsi.

«Harry, non è semplice fare questo tipo di foto, non è come scattare le foto nuziali agli sposi, devi vedere risaltare il significato che c'è sotto lo scatto, deve esserci l'emozione, mezz'ora di scatti non è niente, a volte ci vogliono intere giornate», tento di farlo ragionare.

«Non cercare di darmi lezioni, chi cazzo ti credi di essere? La grande fotografa? Non sei nessuno, solo una stupida che si crede più capace degli altri. Vuoi insegnare a me?», urla spintonandomi in malo modo.

«No, Harry. Ti stavo solo spiegando, tu non hai mai fatto questo genere di foto...», cerco di mantenere bassi i toni.

«Ma taci! Taci, per Dio! Come se ci volesse uno scienziato a fotografare una mezza checca biondina che corre avanti e indietro su una spiaggia», mi investe ringhiando.

«Harry, non ti permetto di offendere Jake. Puoi dire quello che vuoi di me, ma lui non c'entra niente», cerco di farlo smettere.

«Ti ho detto di stare zitta!», esclama tirandomi un manrovescio che mi fa finire dritta a terra.

«E no, amico. Non davanti a me. Potevi insultarmi quanto volevi e me ne sarei stato zitto per rispetto del lavoro di Ellie, ma non ti permetto di toccarla», si fa avanti Jake.

«Lascia perdere...», cerco di rialzarmi per intervenire.

«Oh, e credi che abbia paura di prendere a pugni un modello frocetto come te? Solo perché sei muscoloso? Tutte le checche come te hanno i pettorali gonfi, ma dentro non c'è niente», fa sarcastico Harry preparandosi a colpirlo.

Jake, però, non è il suo sacco da boxe personale come me.

Lo anticipa afferrandogli il pugno e storcendogli il braccio, obbligandolo a portarselo dietro la schiena. È più alto di Harry e lo sovrasta completamente.

«Puoi provarci a colpirmi, se vuoi, ma io credo tu sia un

po' arrugginito in uno scontro alla pari, sei troppo abituato a picchiare le donne. Ora levati dal cazzo se non vuoi sia io a gonfiarti come un canotto», dice spintonandolo per allontanarselo di dosso.

Harry, si volta pieno di rabbia, ma dal modo in cui guarda Jake si vede che sa che le prenderebbe.

«Va bene, io me ne vado, ma l'attrezzatura dello studio viene via con me, puoi tenerti la tua fottuta macchina fotografica», sibila tirando un calcio al cavalletto a facendolo precipitare.

Jake si lancia e la riesce ad afferrare un secondo prima che precipiti a terra, nel mentre Harry ha già preso le luci e se l'è caricate in spalla per andarsene.

Jake fa per alzarsi in piedi e andargli dietro, ma lo fermo.

«Lascia stare, meglio così», dico rossa per la vergogna.

Jake non dice nulla fino a che Harry non scompare oltre la spiaggia. Quando sento il rumore del motore della macchina capisco che mi ha preso le chiavi e ci lascerà a piedi e mi sento morire.

«Ellie, è quasi ora. Avanti, la tua foto», mi posa gentilmente una mano sulla spalla Jake.

«Io... io... mi dispiace. Abbiamo perso tutto questo tempo per una stupida lite, le luci non ci sono più e non ho ancora capito cosa non funzionasse nello scatto», mi scuso, le lacrime che stanno per esondare.

«Tranquilla, prova a dirmi cosa non va, pensa solo alla foto, il resto non conta nulla», mi massaggia le spalle Jake.

Vorrei dirgli di lasciar stare, che sono una fallita ed è tutto tempo perso, ma poi mi dico che è venuto fin qui apposta per me e che devo, almeno, metterci l'impegno che la cosa merita.

«Non c'era l'emozione, non so bene come spiegarti, sembra mancare del tutto l'armonia con la natura», tento di fargli comprendere cosa intendo.

«Forse ho capito», dice abbassandosi la cerniera della felpa.

«Cosa fai?», chiedo perplessa.

«Mi spoglio», risponde calciando via le scarpe.

«Ma morirai di freddo», osservo sgranando gli occhi.

«Corro da più di mezz'ora e continuerò a farlo, non avrò freddo. La foto non sarà mai bella con me bardato con tutta questa roba indosso. Credo sia quello che non funziona. Penso che l'armonia del corpo umano debba incastonarsi con quella dell'ambiente circostante. Dammi retta, lavoro con fotografi ultra-maniaci da anni, ormai. Almeno fai una prova», mi strizza l'occhio. «I boxer li terrò», scherza poi facendomi arrossire fino alla radice dei capelli.

Quando è pronto e mi sono sistemata dall'angolatura perfetta, faccio non poca fatica a distogliere lo sguardo dal suo corpo spettacolare per concentrarmi sul mio lavoro.

Un metro e novanta di muscoli perfettamente scolpiti adornati da splendidi intrecci di tatuaggi che gli risalgono dal ventre lungo entrambe le braccia, spariscono nei boxer e rispuntano sulle cosce.

Jake è come un'opera d'arte vivente.

Inizia a correre avanti e indietro e, mentre scatto, lo vedo già che è tutto diverso, ora è davvero perfetto.

Nel momento esatto in cui sta sorgendo il sole, scatto, scatto e scatto.

«Ok, rivestiti pure», dico qualche minuto dopo.

Con il cuore in gola inizio a collegare la fotocamera al computer.

Jake si siede sulla sabbia accanto a me mentre sto per iniziare a far scorrere le foto.

«Notevole», dice quando arriviamo alla prima dove si inizia a vedere la luce spuntare.

Continuo a scorrere con l'ansia crescente, nella mia testa ricordo bene quale, secondo me, era l'attimo perfetto e spero non sia stato così solo nella mia fantasia.

Scorro per quello che mi pare un tempo infinito, chiedendomi se quella foto esista davvero, poi all'improvviso mi fermo.

Jake pare quasi sospeso nel vuoto, a metà tra un passo e l'altro, l'acqua schizzata dai suoi piedi compie un arco magnifico che controbilancia l'arco dei suoi lunghi capelli biondi mossi dal vento della corsa. Il sole sorgente ne irradia le punte facendole sembrare quasi oro liquido e l'ambiente intorno è perfetto. La palla di fuoco pare spuntare dal mare e tutta la foto dai capelli di Jake in poi è in luce, mentre la restante parte in ombra, quasi avessi trovato l'esatto istante di un mondo sospeso a metà tra oscurità e fulgore.

È la foto più bella che abbia mai scattato e questo effetto

magnifico, con le luci artificiali, non lo avrei ottenuto, è davvero una benedizione che Harry ci abbia piantati in asso.

«Wow, è meravigliosa», fa eco ai miei pensieri Jake.

«È lei, è la foto», dico con un sorriso da un orecchio all'altro.

«Le altre non le vuoi vedere?», domanda lui indicando il monitor.

«No, quando hai già la perfezione, non ti serve cercarla altrove», rispondo convinta.

«Penso sia la foto più bella che mi abbiano mai fatto, cazzo è magnifica, Ellie. Non ascoltare quel coglione, tu sei nata per fare questo», mi prende per spalle Jake.

Per un attimo mi perdo nei suoi occhi di zaffiro, poi mi riscuoto e torno alla realtà e a tutto quello che è successo prima.

«Mi dispiace davvero», mi scuso scuotendo la testa. «Sono costernata per quello che ti ha detto e per ciò a cui hai dovuto assistere».

«Non sei tu a doverti scusare, ma quell'essere!», esclama Jake stringendo i pugni.

«Adesso dobbiamo trovare una corriera e comprare i biglietti. Scusa ancora», mi dispiaccio. «Pagherò io il tuo e il taxi che ti riporti in albergo».

«Ellie, tu verrai con me. Non ti lascio tornare a casa da quel pazzo. Lo devi lasciare», si oppone Jake.

«È tanto che penso di farlo, ma non saprei dove andare. Quando ero sola e ho aperto lo studio, dormivo lì, poi ho conosciuto Harry, sono andata a vivere da lui. In studio ci sono anche le sue cose, i suoi contatti», inizio a spiegare interrompendomi scossa dal pianto.

Dopo anni di schiaffi, vorrei davvero farla finita, ma mi pare di essere come chiusa in gabbia e, ogni giorno, Harry mi ricorda che non valgo niente come fotografa e che mangiamo grazie ai suoi contatti e ai servizi che facciamo ai matrimoni.

«Non se ne parla, ora verrai a stare in albergo da me, almeno per stanotte hai un posto, visto che ripartirò domenica. Appena arriveremo in albergo, farò un paio di telefonate, vedrai che qualcosa salterà fuori», dice Jake abbracciandomi.

Non so davvero cosa dire, se non rifugiarmi nel suo abbraccio e lasciargli prendere in mano la mia vita.

È folle e sconsiderato, ma devo uscirne in qualche modo, non posso andare avanti così.

Mi pare assurdo che una donna bella e capace come Ellie si sia ritrovata accanto a un tale rifiuto umano.

Sono ancora furioso per lo spettacolo al quale ho assistito.

Quando, finalmente, troviamo un modo per tornare verso Londra è già pomeriggio inoltrato.

Ellie è rimasta per tutto il tempo in silenzio e non me la sono sentita di forzarla a parlare perché posso comprendere l'imbarazzo che la ricopre.

«Hai con te le chiavi dello studio?», indago quando siamo nella mia stanza.

«Sì», annuisce lei.

«Bene, domani all'alba andremo con un fabbro a cambiare la serratura», propongo.

«Harry ha la sua roba lì dentro», mi fa notare lei.

«E tu la impacchetterai e l'affiderai a un corriere, la riceverà a casa», dico io avvicinandomi a lei che pare spaesata come una bambina.

«Diventerà furioso, verrà in studio a cercarmi, non lo conosci, Jake. Non servirà a niente», scuote la testa affranta.

«Invece sì. Sarà avvisato del tutto domani da un mio conoscente, credimi, gli chiarirà ben bene il concetto, non oserà mai più avvicinarsi a te», dico porgendole il mio cellulare in modo che veda la chat e il mio scambio di messaggi con Kenner mentre eravamo in pullman.

«Cosa? Chi è?», domanda lei.

«È il mio personal trainer, ha delle conoscenze qui a Londra e il suo contatto si occuperà di Harry, devi solo darmi l'indirizzo», spiego riprendendo il telefono. «Non gli farà del male, a meno che Harry non provi ad alzare le mani per primo. Semplicemente gli spiegherà che se non desidera ricevere una visita sgradita, non dovrà mai più avvicinarsi a te», chiarisco per non farla stare in pena.

Come se poi dovesse anche solo sentirsi in colpa per quel sacco di merda ambulante.

«Grazie, Jake», mi butta le braccia al collo.

«Ti ho anche trovato una sistemazione. Irina, una modella russa con cui ho collaborato, ha un monolocale qui a Londra. Lo usa solo quando viene qui per lavoro, mi ha detto che non pensa di tornare prima di sei mesi perché adesso è a Washington. Avrai tutto il tempo di trovarti una sistemazione e non vuole un solo penny di affitto, intanto la casa sarebbe vuota», la informo e ci manca poco che si metta a piangere.

«Posso?», domanda indicando un blocco dell'hotel posato sulla scrivania.

«Certo, cosa devi fare?», chiedo guardandola sedersi e impugnare la penna.

«Voglio annotare tutto il materiale che so essere di Harry, almeno farò prima a controllare di avergli spedito tutto», spiega iniziando a scrivere.

«Va bene, fai pure. Io mi faccio una doccia e vado a prendere qualcosa da mangiare, immagino tu sia troppo stanca per uscire a cena e domattina ci aspetta un'altra levataccia», propongo.

«D'accordo», mi fa il primo sorriso da dopo che ha scelto la foto stamani. «Posso collegarmi con la wi-fi dell'hotel e spedire la foto per il concorso? Vorrei farlo subito», chiede poi.

«Fai come se la stanza fosse la tua», sorrido dirigendomi in bagno con un cambio d'abiti.

Quando esco, Ellie è ancora concentratissima su quello che sta facendo e, per poco, nemmeno mi saluta.

Faccio ancora un paio di telefonate per assicurarmi tutta la collaborazione che ci servirà domattina, poi chiedo al portiere dell'albergo se possiamo ordinare la cena in camera dandomi del cretino per non averci pensato prima.

Lui mi dice di sì e mi offre un paio di volantini di vari ristoranti che fanno consegne a domicilio convenzionati con l'hotel.

Torno rapidamente di sopra per scegliere con Ellie.

Subito la stanza mi pare vuota, poi sento la musica di sottofondo.

Passando davanti alla porta del bagno, mi accorgo che è socchiusa.

Ellie è davanti alla doccia, di profilo rispetto a dove mi trovo, indossa solo la biancheria e si muove ballando lentamente e canticchiando la canzone.

Dovrei spostarmi immediatamente di qui e farle capire che sono rientrato, ma non ne ho la forza.

La guardo slacciarsi il reggiseno e lasciarlo cadere a terra mostrandomi due grandi e magnifici seni sodi dai turgidi capezzoli scuri.

Il cazzo nei pantaloni mi diventa immediatamente di marmo e il mio istinto mi dice di precipitarmi dentro la stanza e succhiarle quelle tette fantastiche fino a farla urlare, ma fortunatamente ho ancora un cervello sufficientemente senziente da fermarmi prima di fare una stronzata e da avere la decenza di farmi spostare prima che si sfili anche le mutandine.

Appena sento scorrere l'acqua, sbatto la porta della stanza e la chiamo.

«Sono tornato, Ellie», dico ad alta voce andando a sedermi molto, molto distante dalla porta del bagno e pregando perché l'enorme erezione che ho nei pantaloni smetta di darmi il tormento.

Ne ho viste a valanghe di donne nude, modelle alte quasi quanto me con gambe chilometriche con le quali ho fatto più di un servizio fotografico in costume e anche senza niente addosso per vari profumi e quanto altro, ma Ellie mi ha fatto un effetto devastante.

Forse è guardarla quando fa le foto, quando il suo sguardo dice che potrebbe conquistare il mondo, forse sono i suoi occhi verde giada contornati dalle lunghe ciglia, o i capelli color cioccolato che le accarezzano delicatamente il viso, ma Ellie ha una bellezza semplice e dirompente.

Non riesco a togliermi dalla testa le sue tette fantastiche e, quando esce dal bagno, faccio non poca fatica per non guardarle il petto immaginando come potrebbe essere frontalmente senza vestiti.

«Ecco i menù, puoi scegliere», glieli porgo restando seduto.

Non mi sposterò mai da questa posizione a gambe incro-
ciate, almeno non fino a quanto il mio uccello non smetterà di
tormentarmi rizzandosi verso di lei.

«Grazie», mi sorride afferrandoli e inconsapevole dei pensieri che mi sono fatto su di lei.

Quando finiamo di mangiare, mi rendo conto che Ellie,
dopo la doccia si è rimessa gli stessi vestiti che aveva prima, ovviamente non ha un cambio.

«Prendi una delle mie t-shirt per dormire», gliene offro
una dalla valigia. «Sono talmente alto che ti faranno da vestito»,
scherzo.

Ellie la prende incerta.

«Mi spiace darti tutto questo disturbo», si scusa ancora.

«Nessun disturbo», rispondo sorridendole.

Quando torna, dopo essersi cambiata in bagno, mi do del
coglione per l'idea di merda che ho avuto.

Adesso mi immagino quelle tette incredibili sotto il tessuto della mia maglietta.

Tuttavia, mi dico che non è davvero il momento e cerco
di spegnere i miei bollenti spiriti con discorsi di altro tipo.

Ellie si siede sul letto mettendosi un cuscino dietro la
schiena e faccio altrettanto.

«Come stai, Ellie? Com'è possibile che ti sia fatta rovinare
la vita da Harry?», domando diretto.

«Io…», scuote la testa arrossendo.

«Non hai nulla di cui vergognarti, lo abbiamo già detto, no? Mi chiedo solo perché», le accarezzo gentilmente una spalla.

«Ho conosciuto Harry a uno dei corsi di fotografia che ho frequentato», inizia a raccontare. «All'inizio era gentile e credevo fosse desideroso come me di esplorare tutte le possibilità che la foto può dare. Abbiamo iniziato a frequentarci e, dopo poco, mi è venuto quasi naturale proporgli di venire a lavorare in studio con me. Subito sembrava tutto perfetto, anche trasferirmi a casa sua mi è venuto naturale, poi è iniziato l'inferno. Harry ha cominciato a sminuirmi sempre di più ogni giorno, i conti arrivavano, foto non ne vendevo in effetti e, di certo, nessuno mi aveva proposto di fare una mostra o esporle. Ha iniziato a prendere sempre più accordi per nozze, eventi e quanto altro e mi sono ridotta a fare la fotografa di matrimoni che non era nemmeno lontanamente quello che volevo. Ogni volta che tentavo di tornare sui miei passi, le cose peggioravano. Ho smesso di contare le volte in cui mi sono vergognata coprendo i lividi. Fino a oggi, fino a che tu non sei intervenuto, ho quasi pensato di meritarlo», spiega abbassando lo sguardo.

So benissimo che, spesso, le donne che subiscono questo tipo di violenza, che oltre che fisica è anche psicologica, credono quasi sia colpa loro.

Gli uomini come Harry andrebbero presi per mano e condotti al patibolo.

«Non pensarci più, io ho fatto il minimo, davvero, mi domando solo come nessuno sia intervenuto prima», osservo scrollando le spalle.

«Alla gente non piace immischiarsi ed Harry è violento. Credo tu sia stato uno dei pochi a non esserne intimorito», rabbrividisce lei.

Tento di rassicurarla ancora per un po', quando mi accorgo che non risponde più realizzo che deve essersi addormentata.

Il detto *una buona azione non resta mai impunita* si avvera in pieno.

Vista la posizione scomoda in cui ha preso sonno, decido di spostarla in modo che domattina non si svegli con un torcicollo così forte da non riuscire a muoversi.

Le sollevo delicatamente la testa dal cuscino, lo abbasso e la tiro leggermente verso il fondo del letto in modo che stia sdraiata.

La mia *buona idea* purtroppo non ha tenuto conto che lo sfregamento del corpo contro il lenzuolo le avrebbe arricciato la maglietta.

Adesso mi ritrovo davanti un sedere incredibilmente tondo e coperto da nulla, visto che Ellie indossa un perizoma.

Il mio uccello si impenna nuovamente nemmeno fosse una Ducati all'arrivo del Moto Mondiale e le mie fantasie schizzano oltre il livello di guardia.

L'unica cosa che vorrei fare è toglierle del tutto la mia t-shirt e coprirla con il mio corpo infilandomi dentro di lei e aggrappandomi a quel culo tondo mentre la sbatto.

"Ok, devo darmi una calmata", penso mentre la copro con il lenzuolo in modo da oscurare la vista tentatrice e mi fiondo sotto la doccia fredda.

Al mio ritorno, Ellie non si è mossa dalla posizione in cui l'avevo lasciata e io credo che sarebbe un'idea saggia dormire sopra le coperte in modo da evitare strani aggrovigliamenti notturni.

Mi metto sul bordo estremo del letto, augurandomi di non finire per terra e cerco di addormentarmi, ma non ce la faccio.

Mi volto verso di lei.

Non capisco perché io mi senta in questo modo, non sono cieco, mi è chiaro che Ellie sia una donna adulta e, per adulta intendo più grande di me. Credo abbia intorno ai trentadue anni, forse, non le ho mai chiesto la sua età e, ovviamente, sul suo profilo Instagram non c'è scritta. Non sono mai stato attratto dalle donne più grandi e forse è il caso che mi faccia stressare un po' meno dal lavoro e mi trovi una ragazza perché essere arrapato come se non avessi mai visto una donna nuda non è da me.

CAPITOLO 4

Dicembre ha iniziato a incombere insieme al Natale. È strano essere sola dopo tutti questi anni insieme a Harry, non completamente sola, visto che Kendra mi ha invitato a passare le feste da lei.

Anche se le sono molto grata, mi sento leggermente giù.

Il prossimo anno compirò trentanove anni e sono single e, per di più, la mia condizione lavorativa è pesantemente peggiorata.

Sono grata del fatto che l'amica di Jake mi abbia ospitato in casa, adesso non saprei come fare a pagare un affitto, è già tanto se riesco a mantenere le spese vive per tenere aperto lo studio e, contrariamente a prima, di tempo per andare in giro a fare il tipo di foto che mi piacciono ne ho parecchio, ma solo perché non lavoro praticamente mai.

Le parole di Harry mi tornano in mente e inizio a domandarmi se lui non avesse ragione quando diceva che non ho nessuna particolare capacità e che avrei dovuto ritenermi fortunata di fotografare matrimoni e comunioni.

Non mi ha infastidito in nessun modo, l'amico del personal trainer di Jake deve essere stato piuttosto incisivo, ma ha comunque provveduto a vendicarsi.

Era lui che si occupava dei contatti con le persone per cui facevamo i lavori su commissione e mi aveva fatto terra bruciata attorno portandosi via tutti i clienti che ci chiamavano regolarmente per gli eventi: partite di calcio dei ragazzini, gare sportive di vario tipo, esposizioni e quanto altro.

Inoltre, si era tenuto i soldi di tutti i lavori che avevamo fatto insieme nell'ultimo periodo prima che ci lasciassimo.

Quando i clienti avevano pagato non mi aveva versato la metà che mi sarebbe spettata, si era tenuto tutta la cifra.

Dire che navigo in pessime acque e che non so se lo studio rimarrà aperto è poco.

Probabilmente, molto presto, sarò costretta a chiudere e cercare lavoro come dipendente nello studio di qualcun altro e addio sogni di gloria.

Sto per dare i giri di chiave quando il telefono inizia a squillare e mi precipito a rispondere speranzosa che sia qualche cliente.

«Parlo con Ellie Barnes», dice la voce dall'altro capo della cornetta.

«Sì, sono io», replico carica d'aspettativa.

«Sono Marcus Carter, team AlphaOne», si presenta l'uomo mandandomi in iperventilazione.

«Volevo dirle che il suo scatto ci ha molto colpiti e che è tra i dieci finalisti. La aspettiamo a New York il dieci gennaio per la finale. Se vuole può venire accompagnata dal modello della foto», chiarisce subito dopo.

«Non so come ringraziare», rispondo di getto.

«Riceverà al suo indirizzo e-mail tutto il necessario per la partenza, mi faccia avere al più presto i dati del ragazzo così faremo il biglietto aereo anche per lui e gli prenoteremo la stanza in albergo», dice il signor Carter.

Gli prometto che gli manderò tutto quanto prima e, appena metto giù, cerco il numero di Jake per chiamarlo.

Spero di non disturbarlo.

All'inizio, subito dopo lo scatto, è stato molto premuroso. Mi ha chiamato spesso per sapere come andassero le cose e se Harry mi avesse dato fastidio. Poi, dopo qualche settimana, le chiamate si sono diradate.

Era quasi un mese che non lo sentivo, non era tanto considerato che non ci avevo parlato per tre anni dopo la prima volta in cui lo avevo visto, ma... mi ero abituata a lui, al suo modo di prendersi cura di me, non lo aveva mai fatto nessuno.

Più volte ho avuto la tentazione di chiamarlo io per chiacchierare e mi sono ammonita a non farlo.

Non posso attaccarmi a Jake, è solo poco più di un ragazzino, mi ci manca solo di prendermi una sbandata e che lui pensi che sia una *milfona assatanata* che gli da il tormento.

Lo farei pentire di avermi aiutato.

"Adesso, però, ho realmente un motivo per chiamarlo", sorrido tra me.

Q uando il telefono inizia a squillare sono sotto le lenzuola con Liz e ci sto dando dentro alla grande, quindi non mi sogno neppure di fermarmi per rispondere.

La mia nuova fidanzata ha lunghissimi capelli biondi e occhi verdi, in dotazione ha anche un corpo da favola.

È una modella diciannovenne e l'ho conosciuta a un servizio fotografico per la linea uomo/donna di Burberry.

Mette il broncio per un sacco di cose stupide ed è già una supermodella viziata, ma a letto è una vera bomba, inoltre capisce perfettamente i miei ritmi e orari visto che i suoi sono altrettanto folli.

Quando possiamo vederci, approfittiamo subito per saltarci addosso.

Il telefono non fa in tempo a tacere che, dopo qualche secondo, riprende a squillare.

"Dio, che tormento. Sarà il mio fottuto agente", penso mentre afferro Liz per i fianchi e affondo in lei sempre più velocemente fino a che non vengo.

«Mi lavo e vado, stasera ho un servizio al castello di Stirling, Valentino ha creato alcuni abiti dalla foggia antica», mi informa Liz alzandosi in piedi.

«Va bene, tesoro», rispondo sorridendole.

Quando l'acqua inizia a scorrere mi ricordo del telefonino e controllo le chiamate perse.

"Ellie".

Se penso alla strana infatuazione che ho avuto per lei, mi sento quasi in imbarazzo. Fortunatamente, dopo un paio di settimane in cui l'ho chiamata praticamente tutti i giorni, ho conosciuto Liz e ho ridimensionato la cosa del tutto: sono stati solo ormoni impazziti e voglia di scopare.

Lei, quando ho smesso di chiamarla io, non si è più fatta sentire e ho ritenuto opportuno darci un taglio.

In fondo la mia parte l'ho fatta e anche di più.

L'ho aiutata in ogni modo possibile.

La sua chiamata, però, mi ha messo in ansia.

Non posso fare a meno di domandarmi se quello stronzo di Harry abbia deciso di darle fastidio in qualche modo.

Vorrei richiamarla subito, ma preferisco aspettare che Liz se ne vada.

In caso ci fossero stati problemi non desidero doverle spiegare i fatti di Ellie.

Appena la mia ragazza torna vestita di tutto punto e si china per baciarmi, la saluto e poi mi dedico alla mia telefonata.

«Scusami, Ellie, stavo guidando, ho preferito aspettare di essere a casa per rispondere», mento.

Non mi pare il caso di dirle che non ho risposto perché stavo scopando e poi non credo sarebbe di suo interesse.

«Tutto a posto?», domando poi.

«Alla grande!», esclama Ellie quasi urlando e facendomi tornare in mente una bambina.

«Menomale, temevo mi avessi chiamato perché quel figlio di puttana ti disturba», le esterno la mia preoccupazione.

«Affatto. È molto meglio di così. Ti ho chiamato perché la foto è tra le finaliste del concorso. Il dieci gennaio ci sarà la finale a New York e siamo entrambi invitati. Ci pagheranno tutto. Avrei bisogno di un'e-mail con i tuoi dati per farti fare il biglietto aereo e la prenotazione dell'hotel. Nell'e-mail che hanno mandato a me c'è scritto che la partenza è prevista per l'otto, il nove pomeriggio potrò allestire il mio spazio con la stampa della foto e il dieci ci sarà la premiazione. La data del biglietto di ritorno è per l'undici pomeriggio», spiega cogliendomi completamente di sorpresa.

La foto era fantastica e non avevo dubbi che sarebbe arrivata in finale, ma mi ero completamente dimenticato del tutto.

Il dieci gennaio ho degli scatti per una rivista, mi vogliono intervistare sulla mia ascesa al successo, me lo ricordo bene.

«Jake, tutto a posto? Pensavo ti avrebbe fatto piacere partecipare, me lo avevi detto tu», riempie il mio silenzio Ellie.

"Non so cosa fare", mi dico.

"Sì che lo sai, non ti frega un cazzo di quella fottuta intervista, odi i giornalisti", è la pronta risposta.

"E se mi prendesse di nuovo quella fissa per Ellie?", ecco la vera domanda.

«Certo che va bene, scusami. Ti mando subito per e-mail tutto l'occorrente per la prenotazione, sarà un viaggio lungo, fagli pure prendere il biglietto da Londra insieme al tuo, almeno non lo passerò a sbuffare guardando nel vuoto», rispondo sfidando me stesso e il dubbio che mi è appena passato per la mente.

«Perfetto, a presto!», mi saluta Ellie entusiasta.

Quando metto giù resto solo con i miei pensieri e mi dico che no, non succederà.

Adesso non sono in astinenza da mesi perché troppo preso dalla carriera per pensare a scopare.

Prima di partire passerò qualche giornata con Liz, piuttosto se sarà lontana l'andrò a trovare e mi dedicherò un po' a lei.

Non accadrà assolutamente niente durante il viaggio che

possa turbarmi.

CAPITOLO 5

«**S**pero che tu ti stia divertendo», dice Kendra passandomi una mano dietro le spalle sullo schienale del divano.

«Ma certo, è fantastico!», esclamo annuendo e sollevando il bicchiere verso di lei.

Siamo tutti a casa sua per la festa di Capodanno.

Kendra ha invitato diverse coppie di amici e alcuni spaiati proprio come me.

«Sai, ovviamente sono felice che tu finalmente ti sia sbarazzata di Harry, era un uomo orribile, ma adesso ti conviene guardarti in giro», sorride ammiccante.

«Me ne sono appena sbarazzata, Kendra. È poco più di un

mese che vivo per conto mio», faccio presente scrollando le spalle.

«Lo so, cara, ma il tempo per noi donne passa più veloce-mente», ammicca alzando e abbassando le sopracciglia.

«Non capisco, cosa intendi?», domando piegando la testa di lato.

«Intendo che devi trovare qualcuno che riempia quella pancia, altrimenti non farai mai un figlio. Non fraintendermi, sei bella e giovanile, sembri avere poco più di trent'anni anziché quasi quaranta, ma le tue ovaie la sanno la tua età anagrafica e a un certo punto si prosciugheranno», afferma con una risata di-vertita facendomi venire i vermi.

Voglio bene a Kendra, davvero, è un'amica presente e in questo periodo ha spesso cercato di non farmi sentire sola invi-tandomi spesso al cinema o a pranzi e cene che organizza a casa sua, ma è davvero fissata con questa storia della gravidanza, della famiglia e dei figli.

Mi guardo intorno osservando tutte le persone presenti nel salone dove ha allestito il buffet del veglione che ha organiz-zato e mi rendo conto che non è la sola con certe fissazioni.

Le donne sono praticamente tutte accompagnate, tre hanno il pancione e mi sembrano decisamente più giovani di me, le altre quattro, che sono più grandi e conosco meglio per-ché le ho già frequentate, hanno almeno due figli a testa che, sta-sera, sono affidati alle cure di strapagate baby-sitter.

L'altra donna single la vedo per la prima volta, Kendra me l'ha presentata come un'anima persa amica di Josie e non oso pensare a come parli di me, magari, a persone che non conosco, probabilmente per lei sono anche io un'anima smarrita.

Uomini single ce ne sono cinque, ma non credo che a loro ci sia qualcuno che gli batta una mano sulla spalla dicendogli che è ora che diventino dei bravi papà e, soprattutto, presumo che gli uomini sposati li invidino per il fatto che sono single e pendano dalle loro labbra per farsi raccontare le loro avventure di una notte.

Be', non propriamente i presenti, sono quasi tutti abbastanza indecenti, probabilmente loro vorrebbero accasarsi molto più di me, almeno per avere una donna con cui scopare in modo fisso dato che presumo dal loro letto non passi quasi nessuno.

«Che ne pensi di Sam? Mi sembra ti abbia guardato un po' di volte durante la serata. È un bravissimo ragazzo e ha una ditta di trasporti», ne tesse le lodi Kendra.

«Sembra un tipo a posto», commento tanto per dire qualcosa e non sembrare maleducata.

Il bravissimo ragazzo, come lo chiama Kendra, deve avere quasi cinquant'anni. È forse l'unico a non rasentare l'indecenza.

Non ha la pancia, è vestito con gusto, ha un bel portamento. È evidentemente brizzolato e piuttosto ordinario, ma dall'espressione rassicurante, solo che non gli ho prestato particolare attenzione, mi sembra vecchio.

«Quanti anni ha? Mi sembra un po' grande», domando giusto per sapere.

«Oddio, Ellie, mi fai morire!», esclama Kendra dandomi una pacca sulla spalla ridacchiando. «Sam ha quarantanove anni, tu a breve ne farai trentanove, cara, non ventinove. Direi che è più che perfetto per te», fa presente la mia amica riportandomi con i piedi per terra.

"Ok, ho un problema, un problema enorme".

Da quando ho avuto a che fare con Jake, molti uomini mi sembrano dei vecchi, invece sono miei coetanei, o poco più grandi, comunque adattissimi per me, sicuramente più adatti di Jake.

"Piantala, Ellie! Jake non è nemmeno lontanamente adatto per te. È un modello meraviglioso, dal corpo scolpito e dai guadagni stellari. Non ha bisogno di una fotografa fallita che pare sua madre, ma di una ragazzina bionda e giovane", mi rimprovero aspramente.

Non ha aiutato la mia autostima spiare il suo profilo Instagram. Ho notato molti commenti da una certa Liz Jones, sono tra i pochi a cui lui risponde, visto che ne riceve sin troppi per poter rispondere alle fan.

Sono andata a vedere il profilo della tizia in questione e, da lei, ho capito il perché.

È anche lei una modella, hanno fatto un servizio fotografico per Burberry insieme e lei, sul suo profilo, ha anche postato foto dove loro due si sbaciucchiano appassionatamente, ne ho dedotto che deve essere la sua ragazza e ne sono rimasta delusa, nemmeno poi abbia il diritto di esserlo.

Stasera, lei ha postato una storia dove sono insieme a festeggiare.

Devo piantarla di guardare le sue storie in modo ossessivo; tra l'altro ho scoperto, nella mia profonda ignoranza, che al proprietario dell'account resta impresso chi ha visionato la sua storia.

Posso solo augurarmi che Liz Jones abbia talmente tanti fan sfegatati da non badare agli account che visualizzano i suoi contenuti.

Che poi, alla fine, non ho molto di cui preoccuparmi, anche se mi notasse presumo non sappia niente di me, dubito che Jake parli di me agli amici o alla fidanzata, anche se adesso, con la questione del viaggio per la premiazione, forse il mio nome può essere anche venuto fuori.

«Allora, ti combino un appuntamento? Ti sta fissando anche adesso», mi dà di gomito Kendra riportandomi alla realtà.

«No, Kendra. Per favore lascia perdere. Non mi sento ancora pronta dal disastro con Harry e poi, tra poco più di una settimana, ho il viaggio a New York, preferisco concentrarmi su quello», riesco a imbastire una scusa sensata per bloccare le sue tendenze da gioco delle coppie.

«Va bene, ma non aspettare troppo e non concentrarti troppo sul lavoro. Gli anni passano», commenta scuotendo la testa.

Subito dopo mi lascia per andare a prendersi cura delle altre anime disperate single come me.

L'otto gennaio arriva in un lampo e sono all'aeroporto in attesa di Jake che deve scendere dal volo appena arrivato da Edimburgo.

Quando lo vedo, avvolto nel cappotto nero che lo fascia alla perfezione, ho un sussulto.

"Altro che Sam", penso tra me per poi insultarmi.

«Andiamo a prendere questo premio!», mi incita Jake chinandosi per darmi un bacio sulla guancia.

«Magari», scuoto la testa io.

«Ho delle buone vibrazioni», dice allegro.

Facciamo il check-in per il nostro volo e, subito dopo aver imbarcato i bagagli — non ho potuto fare a meno di portarmi dietro anche l'attrezzatura fotografica, vado a New York per la prima volta in vita mia! — ci dirigiamo verso il duty free.

«Oddio! Guarda questa, la compro!», afferma Jake sventolandomi sotto il naso un'assurda cover gommosa viola per il cellulare con le orecchie a forma di coniglio.

«È irrinunciabile, la voglio anche io», commento afferrandone una adatta al modello che posseggo.

Mentre aspettiamo che chiamino il nostro volo facciamo gli idioti con le nostre cover, il mio coniglio è celeste e Jake sta dicendo da mezz'ora che è maschio e devo fare attenzione che non salti addosso alla sua cover altrimenti ci ritroveremo il volo pieno di una nidiata di mini-cover.

Durante il volo non riesco a trattenermi dall'attaccarmi ai vetri ogni due minuti. Non ho mai fatto un viaggio simile, è incredibile stare sospesi tra le nuvole così a lungo.

Quando sorvoliamo New York mi manca il fiato.

Purtroppo, l'attrezzatura fotografica era troppo ingombrante perché potessi tenerla con me, sono giusto riuscita a infilare in tasca una piccola fotocamera compatta, ma mi accontento perché scatti aerei del genere so bene che non potrei farli in nessun'altra occasione.

Storco le labbra pensando a cosa avrei potuto fare con la mia attrezzatura, ma fa niente.

«Tutto a posto?», mi domanda infatti Jake che mi ha molto cavallerescamente ceduto il suo posto, visto che dal finestrino avrebbe dovuto esserci lui.

«Alla grande», dico eccitata.

«E perché fai quella faccia», indaga lui astutamente.

«Niente, stavo solo pensando che scatti aerei simili non potrò mai farli in un'altra occasione e che ho solo questa stupida macchina compatta, ma sono felice comunque», spiego cercando di sorridere.

«Vedrai, presto diventerai così famosa che potrai noleggiare un elicottero per fare le tue foto», mi incoraggia lui.

Quando lo dice così, guardandomi con i suoi splendidi occhi celesti e con questa convinzione, quasi ci credo anche io.

Al nostro arrivo siamo leggermente scombussolati dal jet lag, ma non ci lasciamo abbattere.

«È ancora primo pomeriggio qui», osserva Jake.

«Già, sembra di aver fatto un salto indietro nel tempo», osservo io divertita.

«Noi siamo a caccia di scatti fantastici, giusto?», domanda Jake con tono cospiratore.

«Ma non siamo persone stanche e affaticate dal viaggio?», domando io coprendomi la bocca con la mano mentre fingo di sbadigliare.

«Credo che potremo dormire stasera», afferma lui divertito.

«Io credo anche io!», esclamo davanti alla porta della mia stanza, la sua è difronte. «L'ultimo che arriva giù nell'atrio pronto a uscire è un vecchio», aggiungo poi infilando di corsa la porta.

Dovrei essere almeno un minimo indolenzita, eppure, sono pervasa da una strana gioia di vivere che mi fa sentire su di giri e basta.

Mi cambio quasi correndo e, sempre correndo, mi trascino il trolley con l'attrezzatura fotografica fino all'atrio.

Sono la prima!

Jake sbuca fuori dall'ascensore poco dopo di me.

«Vecchio, vecchio!», saltello puntandogli il dito contro.

Ovviamente faccio subito una bella figura visto che, in coda alla reception, c'è una comitiva di turisti over sessanta.

Fantastico.

Jake ride fino alle lacrime, riesce a fermarsi solo quando siamo a un isolato di distanza dal lussuoso hotel.

«Allora, fantastiche foto per te... Tu non ci sei mai stata, vero?», domanda quando riesce a frenare l'ilarità.

«No», rispondo sinceramente.

«Quindi permetterai a questo anziano di farti da guida fidandoti ciecamente?», domanda strizzando gli occhi come se non ci vedesse bene.

«Certamente, sarò il tuo bastone in caso inciampassi», replico stando allo scherzo e porgendogli il braccio.

«Che brava ragazza, di questi tempi i giovani sono tutti scortesi», va avanti ingobbendosi e proseguendo nella nostra farsa.

Prosegue a camminare chinato, come se avesse novant'anni e ci guardano tutti, ma è talmente divertente che non potrebbe importamene di meno.

Mi sento così leggera.

Iniziamo con gli spostamenti in metro e, quando sbuchiamo alla prima tappa scelta da Jake, lui inizia a farmi da cicerone.

«Questo posto si chiama DUMBO», dice allargando le braccia.

«Come il cartone della Disney?», domando sbattendo le palpebre.

«No», scuote la testa Jake iniziando a ridere, «è l'acronimo di Down Under the Manhattan Bridge Overpass», spiega poi. «Ti ho portato sulla strada di ciottoli più famosa della Big Apple!», esclama. «Adesso potrai fare lo scatto più desiderato di New York», afferma convinto.

Mi guardo intorno, so che siamo a Brooklyn, ma non capisco cosa intenda.

Jake pare divertito e si sposta dietro le mie spalle iniziando a esercitare una lieve pressione per farmi voltare.

«Ti dice niente il titolo "C'era una volta in America"?», domanda facendomi girare del tutto.

E, improvvisamente, capisco e mi manca il fiato per quanto sono felice.

Mi ha portato esattamente nel punto in cui si può immortalare l'arco del Manhattan Bridge che incornicia l'Empire State Building.

Faccio circa un miliardo di foto e Jake non pare annoiarsi, anzi inizia a passarmi il materiale ed è completamente partecipe.

Iniziamo a camminare e Jake mi conduce dove c'è l'accesso pedonale al ponte di Brooklyn.

Riesco così a fare qualche altro scatto strepitoso e poi proseguiamo verso Manhattan.

Jake mi guida fino ai piedi dell'Empire State Building così che io possa prendere alcuni scatti del gigante di cristallo più famoso del mondo.

Non riusciamo a salire perché c'è troppa coda, ma Jake non si perde d'animo e mi conduce verso un'altra terrazza da sogno. The Rock.

Da qui riesco a scattare foto di panorami da togliere il fiato e altre dell'Empire State Building visto da questa angolazione.

Ovviamente andiamo al memoriale del World Trade Center e non riesco a spiegare l'emozione che provo osservando le due fontane dove una volta sorgevano le vecchie torri.

Ci spostiamo ancora e Jake mi conduce davanti al punto in cui la 5th Avenue si interseca con la Broadway e rubo il mio scatto del Flatirong Buildign, il palazzo triangolare più famoso del mondo.

La giornata vola e arriviamo a sera con i piedi doloranti, ma anziché tornare subito in albergo e farci portare la cena in camera, decidiamo di darci al colesterolo andando in un enorme McDonald's.

Io prendo anche l'Happy Meal perché danno in regalo una statuina della Bella Addormentata.

Jake subito mi prende in giro, ma poi fa prontamente lo stesso.

Quando apro il mio, però, la delusione mi sommerge.

Ci trovo dentro la fata azzurra, quella grassa e petulante.

«Ma noooo!», mi lamento lanciandola sul vassoio.

Jake ride.

«Vediamo cosa tocca a me!», dice aprendo il suo.

Ovviamente lui trova Aurora con il vestito del gran finale e si diverte un mondo a prendermi in giro per la mia sfiga.

Prosegue a fare l'imitazione di Serenella, la fatina grassa che ho trovato, fin quando non siamo davanti alle nostre stanze.

«Me la pagherai», lo minaccio scherzosamente prima di passare la mia tessera sul lettore ed entrare nella mia camera.

Sono così allegra e piena di brio che non mi pare vero di aver fatto un viaggio intercontinentale e di non avere ancora sonno.

Mi pare quasi di essere drogata.

Inizio a cambiarmi, ma poco dopo sento un lieve bussare alla porta.

«Sì?», domando avvicinandomi.

Nessuna risposta.

Chiedo ancora chi è, ma dall'altro capo della porta non sento niente, allora mi arrendo e la apro.

Subito non noto nulla, poi mi accorgo che, per terra, c'è la statuina di Aurora, sotto c'è un biglietto.

Per favore, non farmi trasformare in mostro da quell'orrenda fatina grassa! Mi arrendo!

Jake.

Rido di gusto mentre prendo il mio pupazzo, poi mi affretto a comporre un biglietto anche io.

Solo per questa volta, la passerai liscia.

Stai attento, la magia di Serenella è in agguato dietro ogni angolo!

Ellie.

Una volta ripiegato il biglietto, lo faccio passare direttamente nella fessura sotto la sua porta, poi busso e scappo nella mia stanza.

Dio, mi pare di avere dodici anni, non mi sono mai divertita tanto in vita mia.

Il mattino seguente facciamo un giretto per SoHo, poi ci dirigiamo alla meta del concorso e Jake è davvero fantastico e mi aiuta a disporre tutto alla perfezione.

La sera, per farmi rilassare, mi porta a cena in un grattacielo dove il piano ruota ed è possibile godere di tutta la visuale a trecentosessanta gradi, è magnifico.

Quando arrivo in camera, però, non riesco a dormire per l'ansia.

Il dieci arriva presto, come anche il concorso.

Mi guardo intorno emozionatissima, alcuni fotografi presenti sono nomi noti mentre alcuni giudici sono direttori di importanti riviste di fotografia professionale e di viaggi.

Jake lusinga le donne e fa il mio gioco procurandomi una marea di biglietti da visita.

Quando iniziano ad annunciare il terzo posto e non sono io, mi preparo a mettermi il cuore in pace.

Troppi nomi altisonanti, non posso competere con loro, è già un privilegio essere qui.

Il secondo nome viene annunciato e applaudo, anche se una piccola parte di me avrebbe voluto fosse il mio e ci speravo ancora segretamente.

Mi mordo il labbro nervosa e, improvvisamente, Jake mi afferra la mano stringendola nella sua.

«Vedrai, Ellie», sussurra contro il mio orecchio.

«E al primo posto, con uno scatto pressoché perfetto, Ellie Branes», annunciano.

«Oh, cazzo!», esclamo buttando le braccia al collo di Jake che mi stringe a sua volta.

Lo tengo sempre per mano mentre mi avvicino a ritirare il premio, anche perché rischio di sbattere in terra da un momento all'altro.

Credo di non essere mai stata così felice in tutta la mia vita.

Questi cinquantamila dollari mi consentiranno di tenere in piedi il mio studio e, forse, un po' di notorietà finalmente arriverà e potrò dare una svolta alla mia vita.

"'Fanculo Harry!", penso tra me ricordando quel figlio di puttana.

La sera festeggiamo, forse anche troppo, visto che siamo ubriachi persi.

Almeno abbiamo avuto la decenza di farlo in stanza.

Io indosso una canotta di Jake che mi sta tipo abito, viste le sue dimensioni rispetto alle mie, e sto saltando sul suo letto mentre lui canta una versione molto stonata di *We are the champions.*

Quando perdo l'equilibrio e crollo sdraiata, scoppio a ridere come una disperata e lui fa altrettanto.

«Dobbiamo cercare di dormire», dice Jake lasciandosi cadere dall'altra parte del letto.

«Lo so», rido come una stupida afferrando un cuscino e

portandomelo sotto la testa. «Io sono troppo stanca e ubriaca, dovrai portarmi in braccio in camera mia», ho l'ardire di chiedere da tanto è sciolta la mia lingua.

«Non sarebbe una buona idea, finiremmo per terra entrambi, temo le gambe non mi reggerebbero. Sei birre non sono state una buona idea. Kenner, al mio rientro, mi ammazzerà di palestra quando lo saprà», afferma scuotendo la testa.

«E tu non dirglielo», affermo puntandogli un dito contro il petto.

«Vuoi scherzare? È tipo veggente. Senza aprire bocca, noterà subito la mia incursione nel mondo del colesterolo americano e dell'alcool», afferma alzando gli occhi al cielo.

«Nostradamus dei pettorali», replico convinta.

Jake inizia a ridere di nuovo e non posso fare a meno di pensare a quanto è bello.

"Mi diverto troppo con lui", osservo tra me un attimo dopo.

Non va bene, Jake ha tredici anni meno di me.

Quest'anno io ne farò trentanove e lui ventisei.

Tutto questo è assurdo.

Lo guardo ridere e non posso fare a meno di pensare che con lui mi sento me, mi sento libera di essere chi sono davvero.

Con le mie amiche, tipo Kendra, devo fingere di essere interessata al matrimonio e ai suoi marmocchi per non sembrare strana.

Così li prendo in braccio facendo vocette idiote, quando non potrebbe fregarmene di meno e, annoiandomi a morte, ascoltando le sue amiche parlare di parto indotto, parto in acqua, perdite e ragadi.

Il più delle volte mi estranio dalle conversazioni pensando alle foto che potrei fare, ai viaggi che mi piacerebbe intraprendere, al successo che potrei avere e mi scordo completamente della realtà.

Con Jake non devo parlare di bambini, di quanto potrebbe mancare alla mia eventuale menopausa, non mi sento una donna fallita perché non ho ancora un anello al dito e non ho figliato.

Con lui posso parlare davvero delle mie passioni, non sono tenuta a fingere di essere più vecchia di quello che mi sento dentro, è tutto vero.

Troppo vero.

È questo che mi ha reso più felice in questi giorni, non tanto il premio, quanto essermi sentita davvero me stessa.

E llie si è addormentata di botto, come se all'improvviso le avessero tolto le pile.

Un secondo fa rideva come una matta, ora respira tranquilla.

Non posso fare a meno di guardarla.

"Cazzo, sono ancora attratto da lei!", impreco tra i denti.

Adesso che la conosco meglio, so anche quanti anni ha davvero.

Non poco più di trenta come nei miei sogni, ma quasi quaranta e posso bene immaginare cosa pensi di me, per lei sono solo un ragazzino, altrimenti non si comporterebbe così e, di certo, non dormirebbe nel mio letto come se niente fosse.

Afferro il cellulare per guardare qualche foto in costume di Liz e dirmi che, quando atterrerò a Edimburgo, la sera la troverò a casa mia, già nuda nel letto, come mi ha promesso via messaggio, eppure il pensiero non mi attizza, non come quello di Ellie che dorme qui sdraiata accanto a me totalmente ignara di quanto mi turbi la sua presenza.

Mi domando se si renda davvero conto di quanto è bella.

Si trucca poco, si veste in modo molto semplice, quasi poco femminile, ma i maglioni oversize non nascondono del tutto quelle tette stupende che, mio malgrado, ho già visto.

Non fatico a immaginarla nuda con i lunghi capelli castani che l'avvolgono e gli occhi verde giada pieni di desiderio.

Ovviamente mi diventa di marmo all'istante e tento in tutti i modi di spostare la mia attenzione verso le foto di Liz.

Ellie fa un verso strano e si sposta sul fianco facendo frusciare le lenzuola.

D'istinto mi giro verso di lei e mi cade il telefono di mano.

"Porca merda fottuta!", penso tra me.

La mia canottiera, che per ovvie ragioni le calza enorme, si è spostata e la scollatura si è abbassata al punto da fare uscire completamente fuori uno dei suoi grandi seni.

Il capezzolo duro è terribilmente invitante.

Desideravo succhiarglielo da quel fine settimana a novembre e, adesso, è a portata di mano davanti a me.

Ellie è ubriaca, dorme profondamente, non si accorgerebbe di niente.

La mia mano si muove prima che io abbia il tempo di fermarla e tiro leggermente il tessuto in modo da lasciare fuori uscire anche l'altra.

Cazzo, sono tonde, grandi e perfette, ma soprattutto vere, viste da vicino erano ancora più invitanti che dallo spiraglio della porta del bagno.

Tutto quello che desidero è seppellirci la faccia in mezzo.

"Succhiagliele, prima una poi l'altra. Se non lo volesse anche lei, non si sarebbe messa a dormire nel tuo letto", suggerisce il mio cervello che, adesso, sta ragionando con il mio cazzo che è sempre più duro e smania per uscire dai pantaloni della tuta.

«Grazie, Jake», gli esce dalle labbra.

Per un solo istante ho il sacro terrore si sia svegliata, ma mi accorgo che ha ancora gli occhi chiusi e che probabilmente sta sognando.

Immediatamente mi sento il fottuto pezzo di merda che sono.

Quello che stavo per fare ha un nome molto chiaro: violenza ed è disgustoso.

Non so che cazzo mi sia preso, ma è pura follia e non posso stare qui in stanza con lei o rischierei di darci seguito e di pentirmene per il resto della mia vita sentendomi un porco schifoso.

Sono troppo ubriaco per essere davvero in possesso delle mie facoltà mentali e faccio l'unica cosa sensata.

Frugo nella tasca dei pantaloni di Ellie fino a trovare la chiave elettronica della sua stanza, le lascio un biglietto dove le dico che le cedo il mio letto e vado a dormire da lei, poi esco di corsa consapevole di essermi chiuso fuori e di non poter più rientrare e vado nella sua camera.

Finalmente, distante da lei, mi lascio cadere sul letto e prendo sonno.

Il mattino seguente, quando ci incontriamo per scambiarci di stanza, cambiarci e preparare le valigie, Ellie mi ringrazia per quanto sono stato galante e mi sento ancora più di merda.

Almeno, oggi, rimedierò.

«Possiamo lasciare qui i bagagli fino al primo pomeriggio?», domando all'impiegata della reception quando andiamo a restituire le chiavi.

Ovviamente le nostre stanze sono già state pagate e non dobbiamo nulla.

«Certo», accetta lei indicandomi un deposito alle sue spalle dove lasciarli.

«Pensavo volessi andare verso l'aeroporto», osserva Ellie.

«Ehi, ti ho portato in giro a fare foto appena siamo arrivati, avrò diritto a un giretto anche io, no?», domando scrollando le spalle.

«Ma certo, scusa», arrossisce Ellie.

"Cazzo, a volte, mi pare davvero lei la ragazzina, è assurdo", non posso fare a meno di considerare.

La porto fino a Central Park e lei sembra piuttosto soddisfatta della mia meta, ma ancora non sa tutto.

Riconosco subito il ragazzo con il quale ho preso accordi, anche lui pare fare lo stesso.

«Lei deve essere Jake», dice porgendomi la mano.

Annuisco stringendogliela e presentandogli Ellie.

«Le piacerà, vedrà», afferma rivolto a lei.

Ellie si volta verso di me sbattendo le palpebre.

«Ho con me la vincitrice di un concorso internazionale, potevo non farle il mio regalo?», affermo allargando le braccia.

«Tu sei completamente pazzo!», esclama lei arrossendo.

Quando capisce di cosa si tratta, però, impazzisce letteralmente.

L'idea mi è venuta per la sua delusione mentre stava scattando le foto dall'aereo.

Louie è un pilota di droni e allacciata a quel drone, per la precisione, c'è una delle fotocamere migliori al mondo.

Sta spiegando a Ellie che lui manovrerà il drone, mentre lei avrà davanti i comandi della fotocamera e potrà scattare tutte le foto che desidera e anche dirgli dove andare.

Ovviamente, la prima cosa che fa, è farlo spostare in modo da fotografare il parco dall'alto e poi dall'angolazione in cui si vedono i grattacieli che lo circondano.

Il drone prosegue a volare proprio dove Ellie indica e ogni scatto è più bello dell'altro.

Quando finiamo, un'ora dopo, pare ancora più felice che dopo aver vinto il concorso.

Troppo presto arriva l'ora di ripartire e, sempre troppo rapidamente, arriva il momento di separarmi da lei.

Non capisco nemmeno perché mi pesi così tanto, tra poco

più di due ore sarò nel letto con Liz, la mia coincidenza parte quasi subito.

«È stato un viaggio interessante», commento abbracciandola.

«Il migliore della mia vita!», esclama Ellie sorridente.

Dopo averle dato un bacio sulla guancia, mi allontano da lei e sparisco oltre il mio gate cercando di non voltarmi.

Sarebbe decisamente troppo.

CAPITOLO 6

R ientrare in studio e avere la certezza che non dovrò chiuderlo è strano, molto strano dopo tutte le ansie che mi hanno afflitta in questi mesi.

Ancora più strano è sapere che mi posso permettere di cercare casa.

Certo non voglio scialacquare i cinquantamila dollari in mezza giornata, ma è ora che io abbia uno spazio solo mio.

Non sarebbe giusto abusare ancora per molto della collega di Jake.

I giorni iniziano a scorrere e, con mia grande sorpresa, alla periferia di Londra, in un delizioso posto che sembra quasi campagna, trovo un piccolo appartamentino ammobiliato che pare fatto apposta per me.

L'affitto non è economicissimo, ma me lo posso permettere, ecco la vera novità!

Dopo il viaggio in America ho aggiornato il mio sito con le foto che ho scattato e, incredibilmente, le foto aeree che ho fatto con il drone sono state acquistate da una rivista che si occupa di fotografia, le hanno pubblicate come immagini dense di emozione che raccontano un'altra New York.

Ho scritto subito a Jake per raccontarglielo e lui mi ha risposto che, la prossima volta, dovrò scattare delle foto con il drone, ma dopo la serata a base di birre, che, se la avessi fatto, avremmo potuto così ridere di cosa ci avrebbero visto gli altri.

Un'altra novità è che, dal nostro viaggio, è scaturita una bella amicizia.

Parlare con Jake mi piace, riusce sempre a mettermi di buon umore e, visto con gli occhi di un amico, non c'è assolutamente niente di sconveniente nelle mie conversazioni con lui.

Jake ha iniziato a parlarmi di Liz, la sua ragazza e mi racconta degli strani isterismi che le prendono quando la foto di qualche altra modella che lei considera aspra concorrente, con magari indosso lo stesso abito, prende più like delle sue.

Sostanzialmente ci ammazziamo di risate anche alle spalle di quella poveretta, ma non facciamo niente di male e sono felice di sentirlo, è una persona solare, positiva, sempre allegra.

Qualche settimana dopo aver venduto le foto aeree ne sono state acquistate altre.

Una nota rivista di viaggi ha voluto stilare una lista dei

posti più *Instagrammabili* a New York e ha comprato alcune delle immagini che ho *rubato* mentre gironzolavo con Jake.

Anche il mio account è cresciuto a dismisura, mi sono ritrovata follower inaspettati e le cose sembrano finalmente andare alla grande.

Non mi preoccupa più non ricevere ingaggi per matrimoni e comunioni, o eventi sportivi, visto che Harry lo stronzo si è fottuto tutti i clienti.

Non me ne farei niente.

Giro l'Inghilterra pronta a catturare immagini fantastiche e, finalmente, conduco la vita che desideravo avere tempo fa.

Dopo una settimana a gironzolare per i Cotswolds torno a casa e trovo una busta dall'aria ufficiale che spicca tra le altre.

Si tratta di Peter Asgrove, un noto gallerista che mi domanda se a metà mese sarò disposta ad allestire una mostra dei miei scatti nella sua galleria.

Naturalmente lo chiamo nel giro di cinque minuti e ci accordiamo per gli spazi e il numero di foto, non mi pare vero, la data coincide proprio con quella del mio compleanno e non posso fare a meno di pensare sia un segno del destino. Decido così di invitare subito Jake.

ELLIE: Cosa fai il 16 marzo? Ho una proposta per te!

JAKE: Il 16, sei sicura?

ELLIE: Sì, perché?

JAKE: Ellie, mi dispiace tanto. Tornerò il 18, parto dopodomani per il Giappone, ho alcuni servizi a cui partecipare e una sfilata a Tokio.

ELLIE: Dai, fa nulla, sarà per un'altra volta.

JAKE: Almeno dimmi per cosa.

ELLIE: La mia prima mostra ed è anche il mio compleanno, avevo quasi pensato di affittare un pilota di droni per la notte e fare qualche foto da ubriaca.

JAKE: Cazzo, Ellie! Potevi anche dirmelo un po' prima, adesso mi rode sul serio.

Mi divertono sempre le sue risposte e, soprattutto, Jake è davvero partecipe.

Riesco quasi a immaginarlo mentre impreca perché è troppo impegnato per venire.

A febbraio sono stata in Scozia per scattare alcune foto ai castelli, l'ho deciso all'ultimo e gliel'ho detto, ma Jake era in Thailandia per alcune foto per dei costumi.

Alla fine, si è scapicollato per anticipare il ritorno di mezza giornata solo per salutarmi di sfuggita in aeroporto.

Siamo stati insieme quattro minuti esatti.

Era stato carino, per questo sapevo che non mentiva ed era davvero dispiaciuto di non poterci essere.

* * *

La sera della mostra sono fuori di me dall'ansia.

Ho portato, ovviamente, la foto vincitrice del concorso, perché tutti vogliono vederla dal vivo, almeno così mi ha detto Peter; qualche altro scatto di New York ancora invenduto e tutte le foto più belle che ho fatto in questi due mesi in giro per il Paese.

Gli ospiti sembrano tutti felici, qualcuno tenta pure di fare un'offerta per la foto con cui ho vinto, ma quella non sono disposta a venderla a nessuno.

Le restanti foto di New York vanno in vendita entro la fine della serata e il mio umore è alle stelle.

Quando inizio a smontare tutto, Peter mi dice che, sicuramente, nei giorni a seguire gli arriveranno le richieste per gli altri scatti e di non preoccuparmi.

La sua affermazione mi coglie in contropiede.

«Mi pareva fosse andata bene», osservo dubbiosa.

«Certo, gli ospiti erano tutti molto interessati», commenta annuendo.

«Quindi, di cosa dovrei preoccuparmi?», domando portandomi le mani sui fianchi.

«Ellie, scusami. Mi rendo conto che è la tua prima mostra e che ti sembra tutto perfetto e, sicuramente, lo è. Di solito, però, si vendono molte più foto, ne hai venduto solo otto. Ma tutto è stato enormemente apprezzato. Lo attribuisco al fatto che, quando si tratta di un nuovo nome, molti sono scettici. Domani inizieranno a curiosare sul tuo sito, sul profilo Instagram, vedranno gli articoli su di te e inizieranno a chiamare per comprare le altre», chiarisce sorridente.

«Ah, certo. Scusa, davvero non pensavo si vendesse così rapidamente», rispondo ammettendo la mia ignoranza.

«Non hai di che scusarti. Ti scriverò per e-mail per passarti le commissioni», afferma Peter prima di salutarmi.

Nei giorni a seguire, in effetti, mi passa gli indirizzi di tre compratori, ma è tutto e, se all'inizio la cosa non mi aveva minimamente sfiorato, ad aprile inizia a preoccuparmi un pochino, a maggio sono sconcertata.

Dopo che le mie foto di New York sono esaurite, ne ho vendute solo cinque di quelle che ho fatto dal mio rientro, poi più nulla.

I mi piace su Instagram ci sono sempre e anche i commenti alle foto, ma nessuno le ha più richieste e, vedendo che il mio conto corrente inizia a scendere, comincio ad andare nel panico.

Improvvisamente, tutte quelle richieste per book fotografici che ho ricevuto, da noie inutili cominciano a sembrarmi interessanti.

Visto che il mio scatto vincitore del premio ritrae un modello, si è creata molta curiosità attorno alla cosa ed è venuto alla luce il rapporto che lega me e Jake, di come avessi realizzato io il suo primo book fotografico, quello che poi lo ha lanciato nel campo della moda.

Avevano intervistato persino lui a riguardo.

Tutti gli aspiranti modelli Regno Unito, e diversi anche da altri Paesi, mi avevano mandato la richiesta di un appuntamento per un book, forse pensando che potesse garantire loro lo stesso successo che aveva avuto Jake, o immaginando che il mio nome come fotografa li facesse risaltare nel gruppo.

Fino a oggi li avevo ampiamente ignorati, io volevo essere una fotografa professionista e basta, ma adesso i soldi iniziano di nuovo a diminuire e non voglio più ritrovarmi con l'acqua alla gola quindi, andando a ripescare le e-mail più vecchie, inizio a rispondere proponendo degli appuntamenti.

Nel pomeriggio mi telefona Peter, gli rispondo speranzosa che, finalmente, la situazione si sia sbloccata e che abbia venduto qualche foto, ma lui mi dice semplicemente che vorrebbe passare a salutarmi.

Ovviamente accetto e quando me lo trovo davanti, capisco quasi subito che ha qualcosa da dirmi.

«Tutto bene?», indago offrendogli una tazza di tè.

«Benissimo, Ellie. Volevo parlare con te di una cosa, forse non ti farà piacere ma credo che quello che ti dirò potrà servirti», afferma aggiungendo due zollette di zucchero nella sua tazza.

«Certo, ti ascolto», lo incoraggio a proseguire.

«Mi dispiace molto che la mostra non ti abbia fruttato molte vendite, sinceramente lo meritavi. Ho pensato a lungo al problema, a cosa potesse essere andato storto e mi sono preso del tempo per guardare tutte le tue foto, poi ho compreso», inizia a spiegare, l'unico rumore di sottofondo quello del cucchiaino che rotea nella tazza.

Gli faccio un cenno della mano per invitarlo a proseguire.

«Non so da cosa dipenda, non so il perché, quello se indagherai potrai scoprirlo solo tu, ma le foto che hai fatto qui in Inghilterra sono profondamente diverse da quelle scattate in America», afferma fissandomi intensamente.

«Sono bellissimi scatti, altrimenti non li avrei proposti, su Instagram alcune hanno ottenuto anche più like», tento di difendermi come posso.

Lui scuote la testa.

«Forse non vuoi pensare ai motivi che ci sono dietro quello che ti sto per dire, ma è inutile che io ci giri intorno. Le immagini che hai catturato qui sono bellissime, tutte di altissima qualità, credimi. Scatti incredibili, ma sono morte. Non c'è fuoco, scintilla, emozione. Non c'è amore in quegli scatti. Nelle immagini di New York, e soprattutto in quella vincitrice del concorso, si sente una passione, un sentimento, la foto è quasi viva. Non so bene come spiegarti, Ellie. Le immagini di New York che hai scattato, non sembrano foto della stessa città. Sono identiche, eppure mostrano un altro mondo, quasi segreto, nascosto, un universo che quando le hai fatte potevi vedere soltanto tu. Quelle che hai fatto in giro per l'Inghilterra, no. Belle ma crude, piatte, vuote. Identiche a un altro milione e mezzo di belle foto. Non ti offendere, ma te lo dovevo dire per il tuo bene», termina la sua tirata afferrando la tazza per il manico e iniziando a bere il tè.

Resto in silenzio.

Cosa potrei dire? Che ha ragione? Che non avrei voluto sentirlo parlare in questo modo?

La verità è che so benissimo cosa abbiano di diverso quelle foto rispetto a tutte le precedenti.

Le foto fatte in America e quella vincitrice del concorso, sonoo tutte state scattate alla presenza di Jake.

La differenza è lui, il modo in cui mi sento quando c'è: colorata, viva.

A volte, ormai, giravo in largo e in lungo come avevo sempre sognato, ma mi sentivo solo di esistere.

Mi spronavo a essere entusiasta dei miei viaggi, ma uno dei pochi attimi davvero felici erano stati solo quei quattro minuti all'aeroporto di Edimburgo.

Infatti, una delle poche foto che avevo venduto scattata nel Regno Unito, l'avevo realizzata proprio lì, poco dopo aver visto Jake, dal terminal.

«Grazie per la tua onestà, Peter, e sì, ho perfettamente capito di cosa parli e ne conosco la ragione», mormoro afflitta.

«Allora cerca di ritrovare quello stato d'animo, almeno provaci o non emergerai mai. È un vero peccato, Ellie. Sei talentuosa e quelle foto raccontavano davvero qualcosa. Non perdere la scintilla qualsiasi sia stata la causa che ti ha come oscurato», dice coprendomi una mano.

Lo ringrazio ancora, non posso certo spiegargliene la ragione.

Come potrei anche solo dire che sono semi infatuata di un ragazzino, che lui mi ha un po' presa come una confidente alla quale è fortemente legato e che mi sento viva solo quando è con me.

Non posso.

Devo solo tentare di astrarmi dalla realtà e provare a trovare quello stato di serenità anche senza Jake attorno.

A
l mio ritorno dal Giappone, sono davvero dispiaciuto di non essere andato a vedere la prima mostra di Ellie.

Avrei voluto andare a trovarla anche dopo, almeno per portarla a pranzo per festeggiare il suo compleanno, anche se in ritardo, ma mi sono piovuti addosso una marea di impegni da un attimo all'altro e, quando sono libero, tento di trascorrere il mio tempo con Liz, anche per tenere alla larga un minimo l'insana attrazione che sento per Ellie.

Motivo per il quale, poi, ho mantenuto stretti rapporti con lei.

Non riesco a farne a meno e, parlarle, se non altro placa un minimo la smania che ho di vederla e che capisco davvero poco.

Dopotutto sono innamorato di Liz, lei è bellissima giovane, la ragazza giusta per me.

Per essere corretto, ho iniziato a raccontare di lei anche a Ellie e, spesso, le chiedo consiglio su che posto scegliere per portarla a cena e cose simili.

Le giro le foto dei ristoranti o dei fiori e lei mi aiutava a scegliere.

«Maledizione», impreca Liz sbattendo la portiera della mia auto mentre sale in macchina.

«Che cosa succede, tesoro?», le domando cercando di essere premuroso.

«Succede che quella stronza di Cherry ha deciso di rompere le palle, ecco cosa succede. Non ha ancora capito cosa si tirerà addosso», scatta allacciandosi la cintura come se dovesse strapparla.

«Dai, adesso andiamo a cena, ci rilassiamo e poi ci piazziamo nella vasca idromassaggio a casa mia e ti scorderai di Cherry», propongo scoccandole un bacio sulla guancia.

«Non ci penso nemmeno, Jake. Non andremo a cena, io non mangio. Voglio perdere sei chili», afferma Liz sbuffando.

«Non scherzare, Liz», dico preoccupato.

«Chi cazzo scherza. Posso permettermelo, penso anche che mi farò restringere il seno, ho sentito un bravo chirurgo», dice arrabbiata.

«Liz, non mi pare tu abbia necessità di una riduzione», commento mettendo in moto.

«Ho una volgare seconda, ho bisogno di una prima. Cherry pesa quaranta chili, hai capito? Oggi è salita sulla bilancia davanti a tutte. Quaranta tondi per uno e settantotto di altezza. Ha una prima scarsa e Donatella le ha detto che tutti i nuovi modelli di camicie saranno perfetti praticamente solo su di lei. Quando mi sono pesata io, quella stronza è scoppiata a ridere. Sono quarantaquattro chili, praticamente una balena!», esplode. «Voglio andare a casa mia e allenarmi, adesso», aggiunge poi dando una manata sul cruscotto.

«Ma...», cerco di obiettare.

«Jake, cerca di rispettare le mie esigenze, per favore. Devo essere io la prima modella di Donatella. Non fare lo stronzo. Io non dico un cazzo per tutte le ore che trascorri con Kenner ad allenarti», mi accusa puntandomi un dito contro.

«Ma io sono sano e sto benone», mi scappa di bocca.

«Che cazzo vuoi dire? Che io sono malata?», inizia a urlare.

«No, Liz. Ma se andassi così in fissa, potrebbe diventare un problema serio», osservo invertendo la direzione e accontentandola.

Quando inizia così, non c'è verso di farle cambiare idea.

Liz a volte fa i capricci peggio di una ragazzina di tredici anni.

"Ha solo diciannove anni e un contratto per Donatella Versace, cosa ti aspettavi? La ragazza comune?", mi rimprovero mentre guido per arrivare sotto casa sua.

So quanto sia stressante questa vita, so quanto per noi conti la perfezione, l'aspetto sempre al top, ma Liz a volte sembra pazza, nemmeno Naomi Campbell ai tempi d'oro, secondo me, faceva certe scene.

«Jake, ci vediamo domani, adesso, davvero ho un umore di merda. Mi sento troppo grassa anche solo per pensare», dice scendendo dalla macchina e sbattendo la portiera.

Le ho fatto da autista, quasi quasi sarebbe stato meglio darle buca e dirle di chiamare un taxi, impreco tra me mentre torno verso casa mia.

Ecco perché so di amarla, altrimenti non potrei sopportare tutto questo.

"Certo, oppure perché avere la scusa di stare con lei ti impedisce di pensare a cosa senti davvero e di fare qualcosa di molto, molto più stupido mettendoti ampiamente in ridicolo?".

CAPITOLO 7

G iugno è arrivato e, con la bella stagione, sono aumentate le richieste di book all'aperto.

Quello che mi dispiace è che questi ragazzi non abbiano un'idea loro, non vogliano inventare davvero qualcosa per stupire, ma limitarsi a copiare Jake pensando di avere così lo stesso successo.

Oggi sono di ritorno da Norfolk, la stessa spiaggia in cui feci lo scatto vincente.

Con qualcuno ho provato a suggerire che, forse, sarebbe il caso di inventare qualcosa di originale, ma mi hanno guardato come se fossi pazza e quindi ho lasciato perdere.

Se non altro le loro fissazioni mi pagano da vivere perché,

a essere onesta, ho tentato di seguire il suggerimento di Peter e fare altre foto, ma non le ha degnate di interesse nessuno.

Sono appena rientrata in studio quando suonano alla porta.

Quando vado ad aprire mi trovo davanti Kendra.

«Ciao, sono appena rientrata da un servizio, mi hai trovato per un pelo», la faccio accomodare.

«Tranquilla, ho provato perché passavo di qui, se non ti avessi trovato ti avrei telefonato per chiederti quando vederci», replica lei accomodandosi.

«Bene, a cosa devo questa sorpresa?», domando mettendomi difronte a lei.

«Oggi Sam mi ha chiesto di te, voleva sapere come mai da Capodanno non ti ha più incontrata, ha detto che gli piacerebbe vederti», dice con un sorriso da un orecchio all'altro.

"Ancora con questo dannato Sam? Che palle!", penso tra me.

«Be', lo sai ho avuto molto da lavorare, lo studio non si mantiene aperto da solo», rispondo scrollando le spalle.

«Ellie, hai compiuto trentanove anni», scuote la testa, «tic-tac», si batte il dito sull'orologio, «il tempo passa e tra un po' nessun uomo vorrà più uscire con te quando penseranno che sei in menopausa. Già tendono a guardare le ventenni, dovresti essere contenta che Sam voglia te. Facci un pensiero, Ellie e basta con questo lavoro, non hai più vent'anni. Se ti troverai un brav'uomo potrai smetterla, a lavorare penserà lui e tu potrai occuparti della casa, dei figli e avere del tempo per te, potresti finalmente essere felice», termina la sua arringa con convinzione.

Non comprendo davvero perché, certe donne, diano per scontato che la felicità sia per forza avere un giardino per il quale stressare un poveraccio perché poti le rose alla perfezione e sfornare bambini.

Per me non lo è, se mi fosse interessato davvero avrei provveduto anzitempo.

«Grazie per esserti preoccupata per me...», tento di liquidarla visto che non ho voglia di litigare.

Purtroppo, Kendra lo prende come un invito a proseguire e fa voli pindarici in una tirata infinita su cosa dovrei fare, su Sam e quanto altro, sto per suicidarmi e porre fine alle mie sofferenze, quando il cellulare mi vibra in tasca.

Lo tiro fuori e, sotto il tavolo, do uno sguardo al messaggio: è Jake.

JAKE: Ciao, come va? Tra poco sarà il compleanno di Liz e non so davvero cosa regalarle, è incontentabile e so già che qualsiasi cosa sia, non le piacerà.

ELLIE: Anziché comprarle un oggetto, forse, potresti regalarle una sorpresa. Tipo un viaggio, un fine settimana da qualche parte.

JAKE: Sì, così mi ammazza. Dover mangiare in giro due giorni? Potrebbe morirne, lasciamo perdere.

ELLIE: Allora prendile qualcosa per un evento, che ne so, un concerto.

JAKE: Potrei prendere i biglietti per il concerto degli AC/DC!

ELLIE: Qualcosa mi dice che quello sarebbe un regalo per te!

«A chi stai scrivendo, Ellie?», domanda Kendra che deve essersi resa conto con non la sto più a sentire.

«Scusami, mi ha scritto Jake, aveva bisogno di un consiglio e gli stavo rispondendo», spiego appoggiando il cellulare sul tavolo.

«E sarebbe?», domanda Kendra perplessa.

«Jake è il modello che ha partecipato allo scatto con il quale ho vinto il concorso», spiego indicando la foto appesa al muro.

«Quella specie di coso muscoloso e tatuato?», arriccia il naso Kendra.

«Proprio lui», rispondo non spendendo nemmeno una parola per tentare di farle notare quanto Jake sia bello, quanto ogni parte del suo corpo sia uno spettacolo per gli occhi, quanto sia fantastico il suo sorriso o i suoi occhi azzurri e penetranti.

Tanto lei vede solo i tatuaggi e, bigotta com'è, pensa sia una specie di delinquente e anche che sia sporco, l'altra volta se n'è uscita con questa stronzata, che la gente che ha i tatuaggi è sporca.

«E perché perdi il tuo tempo a scriverti con lui? È un ragazzetto», osserva sospirando.

«Siamo rimasti amici, parlare con qualcuno non è perdere tempo, Kendra. Coltivare un'amicizia non mi pare gettare tempo alle ortiche, anche ora, secondo quanto hai detto, starei perdendo tempo», le faccio notare.

«No, Ellie. Io sto cercando di aiutarti a sistemare il tuo futuro e sono una tua amica e una donna adulta. Quel tizio è un ragazzino e per giunta sembra pure un teppista di strada da com'è conciato, non capisco nemmeno come tu possa aver vinto con un soggetto del genere nella foto. Comunque, cosa dico a Sam? Ti prendo appuntamento con lui? Gli do il tuo numero?», domanda sporgendosi verso di me.

«Kendra, sono certa Sam sia una brava persona, ma non mi sento attratta da lui», cerco di essere il più brutale possibile sperando che molli il colpo.

«Ellie, non credevo fossi così superficiale. Con Sam potresti essere felice», si alza leggermente indignata.

«Non sono superficiale e non penso l'aspetto sia tutto, ma credo che, almeno all'inizio, una scintilla d'interesse debba scoccare», rispondo.

«Magari scoccherebbe se lo frequentassi e vedessi quanto ci stai bene, no? Ora ti lascio, devo andare a organizzare la festa per il fine settimana», mi saluta sparendo in una nuvola di profumo.

Quando se ne va, mi chiedo se non abbia ragione lei e se non dovrei dare una chance a questo Sam, però il pensiero dura un attimo, so bene di non averne voglia e non sarebbe giusto fare perdere tempo a un'altra persona solo per soddisfare il capriccio di Kendra.

C i siamo, ho seguito il consiglio di Ellie e ho comprato a Liz qualcosa per sorprenderla e persino senza dover restare a dormire fuori.

Ho presto i biglietti per andare ad Amsterdam in aereo, avanti e indietro in giornata e quelli per entrare a vedere il museo delle borse, ho letto che ci sono anche alcuni esemplari di Chanel e sono sicuro che Liz sarà felice dell'idea.

Quando salgo da lei e le porgo la busta sono davvero compiaciuto di me stesso.

Liz la apre, mi aspetto che mi butti le braccia al collo ma mi guarda in cagnesco.

«Mi hai regalato qualcosa che comprende un volo aereo? Sei pazzo? Sai che tra poco ho la sfilata. Volare fa gonfiare le caviglie e secca la pelle. Farei schifo!», si altera Liz.

«Ma si tratta di un volo brevissimo e poi, anche se si gonfiassero, il giorno dopo non lo sarebbero più», scuoto la testa divertito.

«Sei un coglione, come tutti gli uomini, hai solo il tuo egoismo a guidare le tue azioni e pensi solo a te stesso sbattendotene degli effetti che potrebbero avere sugli altri», mi aggredisce Liz.

«Io volevo solo farti un regalo», sbatto le palpebre confuso.

«Ignorando completamene cosa io desideri o le mie esigenze», risponde tirandomi addosso la busta e i biglietti.

Non mi do nemmeno la pena di raccoglierli.

«Tu sei fuori di testa», dico secco.

«E tu uno stronzo e maschilista, dillo che volevi solo sabotare la mia carriera!», esclama urlando.

Ok, la misura è colma.

«Sa che c'è, Liz? Vaffanculo, addio… Mi hai rotto i coglioni, non cercarmi mai più per favore», affermo, poi le volto le spalle ed esco da casa sua sbattendomi la porta alle spalle.

Quando arrivo in macchina mi chiedo perché io abbia tollerato per tanto tutto questo.

Liz è sempre stata così: primadonna e fuori di testa, convinta di essere la nuova Naomi Campbell o qualcosa del genere.

"La verità, Jake", mi tormenta la mia coscienza.

Già, la verità.

Eccola.

Ho conosciuto Liz quando volevo fuggire da quella sorta di attrazione che mi era parso di sentire per Ellie, per un po' mi era sembrato funzionasse, poi avevo passato quei giorni con lei a gennaio e avevo capito che no, non sarebbe passata ed era per questo che passavo il tempo a mandarle messaggi idioti dove le parlavo di Liz e le chiedevo consiglio per i regali e stronzate simili.

Non riuscivo a chiudere e non avere contatti con lei, ma per cercare di tenere sotto controllo il tutto, fingevo l'amicizia e mi riparavo dietro al fatto che ero impegnato. Tutte cagate e basta, io voglio lei, cazzo!

Voglio Ellie.

So che sarà difficile, so che sicuramente lei mi vede come un ragazzino e che la nostra differenza d'età potrebbe spingerla a rifiutarmi, ma non ce la faccio più, devo sapere.

CAPITOLO 8

O ggi fa davvero caldo, non sembra nemmeno di essere a Londra.

Spero vivamente che quest'estate la pianti o impazzirò.

Quando il telefono squilla e vedo che si tratta di Jake, ci manca poco che io non salti sulla sedia.

«Ciao!», esclamo esaltata, forse fin troppo.

«Ciao, Ellie, mi domandavo se questo fine settimana avessi degli impegni, sarò a Londra per lavoro e mi piacerebbe vederti, passare un po' di tempo con te. Da sabato pomeriggio sarò libero, che ne dici?», propone Jake facendomi battere il cuore.

«Ci sto!», accetto subito.

«Fantastico, dove ci vediamo?», domanda immediatamente dopo.

Gli do l'indirizzo di un locale in centro dicendogli che lo aspetterò lì.

Quando metto giù il telefono, mi insulto dicendomi che dovrei vergognarmi e che, davvero non ho nulla per cui essere così eccitata della visita di Jake.

Ok, passerò del tempo con lui, ma i tredici anni che abbiamo di differenza e per i quali lui mi vede come una sorta di mamma a cui fare le confidenze, non spariranno solo perché mi viene a trovare, tento di frenare gli entusiasmi.

Tuttavia, il giorno dell'incontro, non sono capace di trattenermi più del dovuto e, anziché presentarmi con la mia solita *divisa*: jeans e t-shirt, tiro fuori un abitino estivo corto e scollato a canottiera.

Dopo averlo provato varie volte con vari reggiseni, mi rendo conto che si vedono sempre o le spalline o la chiusura sulla schiena regalandomi un aspetto un po' sciatto e decido quindi di toglierlo, intanto è estate e posso ancora permettermelo visto che stanno ragionevolmente su.

Quando finalmente mi decido, rischio di essere in ritardo e così opto per un taxi per arrivare al luogo dell'appuntamento.

Il locale che ho scelto si trova a South Bank e ha una bellissima vista sul fiume e sulla ruota panoramica, il London Eye.

Mi sono appena seduta a uno dei tavolini all'aperto, quando due mani mi coprono gli occhi.

«Jake», dico semplicemente.

«Beccato subito», risponde lui sedendosi nella sedia difronte alla mia.

«Chi altri avrebbe potuto essere, avevamo appuntamento», faccio presente scuotendo la testa mentre mi godo lo spettacolo.

Jake mi lascia sempre a bocca aperta, ma oggi è da urlo, o forse è il caldo che mi dà particolarmente alla testa.

I jeans sdruciti e la canottiera bianca dalla quale posso ammirare le bellissime braccia muscolose e ricoperte dai suoi fantastici ed ipnotici tatuaggi, mi fanno letteralmente perdere la testa e mi dico che, forse, dovrei piantarla per sempre di vederlo e sentirlo, che sarebbe meglio, che è solo un ragazzino, l'unica cosa vera che ha detto Kendra l'ultima volta che l'ho vista.

Tra me e Jake non potrà mai esserci nulla, sembreremmo madre e figlio, probabilmente, in giro ci guarderebbero tutti e penserebbero che sono una sorta di tardona che lo mantiene.

Iniziamo a chiacchierare del più e del meno, poi gli domando del regalo per la sua fidanzata.

«Non le è piaciuto per niente, in realtà me lo ha tirato dietro», spiega Jake alzando gli occhi al cielo.

«Mi dispiace di averti consigliato male, eppure l'idea che avevi avuto del viaggio ad Amsterdam e del museo delle borse, mi era sembrata molto bella», mi dispiaccio sorridendogli.

«Ma figurati, anzi. Era un'idea fantastica, è Liz che è completamente fuori di sé. Prende un po' troppo sul serio tutto questo, si è affamata fino ad arrivare a quaranta chili per pesare quanto una sua rivale, mi ha fatto impazzire per tutto il tempo. Cercavo di dirle di piantarla, ha persino contattato un chirurgo per farsi ridurre il seno da seconda a prima nella speranza di perdere un altro chilo e passare a trentanove. Nemmeno i bambini pesano così poco. Le ho detto che stava diventando uno scheletro e che stava male ma non ha voluto sentire ragioni. Prima del regalo avevamo già litigato brutalmente. Mi ero preoccupato e avevo sentito i suoi genitori per dire loro di venire a Edimburgo a vedere come si stava riducendo e portarla da uno specialista che si occupa di disordini alimentari. Quando lo ha saputo, me ne ha dette di tutti i colori. Ho davvero tentato di aiutarla, ma a un certo punto non ce l'ho più fatta. Avermi tirato dietro il regalo è solo stata la goccia che ha fatto traboccare il vaso, prima o poi l'avrei lasciata comunque», spiega Jake, lo sguardo gli si adombra.

«Mi dispiace sul serio, di me penserebbe che sono una balena, probabilmente, con il mio uno e sessanta scarso e i miei cinquantasette chili», tento di scherzare.

Quella tizia si è fatta ridurre una seconda a una prima, se vedesse le mie tette le verrebbe un colpo, non posso fare a meno di pensare tra me e anche di confrontarmi con lei.

Una diciannovenne che addosso non avrà nemmeno un filo di grasso e con le tette che saranno poco più che dei capezzoli appuntiti.

"Sono proprio il tipo di Jake", rifletto amaramente.

«Tu stai benissimo, non pensare a queste stronzate, davvero», commenta Jake, probabilmente per cortesia.

«In ogni caso mi dispiace che la tua storia sia finita, stavate insieme da un po' se non sbaglio», osservo.

«Stavamo insieme dalla fine dello scorso anno, è durata più o meno sei mesi, ma sarebbe finita comunque», scuote la testa Jake.

«Perché?», indago incuriosita.

«La verità è che sono innamorato di un'altra persona da ancora prima di conoscere Liz. Ho tentato di togliermela dalla testa, ma non ci sono riuscito. Lei non ne ha idea, ovviamente e, anche se ce l'avesse, non potrebbe fregargliene di meno. Mi sono detto che stando con Liz mi sarebbe passata, invece...», afferma abbassando lo sguardo.

Non ci posso credere che esista una donna che direbbe di no a Jake, deve essere pazza.

La immagino alta uno e ottanta, biondissima, esile come un giunco, eterea e diciottenne, ma non è tanto l'aspetto a ferirmi, quanto pensare che i pensieri di Jake vanno a lei e che è così preso da non averla scordata nemmeno con una supermodella come Liz.

«È del tuo ambiente?», domando tanto per parlare.

«No, non è una modella», replica senza aggiungere ulteriori dettagli. «Dio, non faccio che pensarle da mesi, ma è una causa persa», dice poi.

«Ma è pazza o cieca?», domando di botto.

Jake ride.

«Nessuna delle due cose, perché dici così?», chiede facendo un sorrisetto.

«Jake, cazzo! Tu sei meraviglioso, non potrebbe esistere una donna che ti rifiuta, potrebbe farlo solo se soffrisse di problemi mentali o cecità, insomma, sei perfetto», ribatto senza pensare a cosa sto dicendo.

Jake mi fissa sbattendo le palpebre e mi rendo conto che, forse, ho un pelo esagerato, ma mi risulta impossibile tollerare il pensiero che esista una donna che non lo vuole, se solo avessi io vent'anni, cercherei di saltargli addosso, invece sono una patetica vecchia che non può fare altro che sbavare fissandolo.

«Lo pensi davvero?», domanda lui con uno strano tono.

«Certo, che lo penso davvero, sei bellissimo e, inoltre, sei una splendida compagnia, il mio viaggio a New York sarebbe stato un fiasco senza di te», gli sorrido.

Jake sta per dirmi qualcosa, ma si avvicina al tavolo una delle cameriere, ha i capelli rossi raccolti in delle treccine e uno strano sguardo.

«Scusa, ma sei Jake Harp?», gli chiede diventando rossissima.

«Sì», risponde lui sorridendole.

«Non ci credo, io, io... ti seguo da anni su Instagram, credo di aver messo mi piace a ogni tua singola foto, sei il più bello del mondo», esclama portandosi una mano al petto.

Jake, da bravo ragazzo quale è, accetta di fare una foto con lei e di abbracciarla e la ragazza se ne va quasi saltellando.

"Ecco chi sono quelle che possono permettersi di dichiararsi prese di lui, non una tardona quasi quarantenne", mi dico amaramente.

Quando andiamo a pagare, alla cassa troviamo una signora.

«Mi dispiace per mia figlia, le avevo chiesto di lasciar stare», si scusa e dal suo colore di capelli comprendo che si sta riferendo alla ragazza con le treccine.

«Si figuri, è stato un piacere», le sorride Jake.

«Avessi l'età, forse, le avrei chiesto la foto anche io», sorride la signora porgendoci il resto.

Le sorrido di rimando, ma mi gela.

«È fortunata ad avere un nipote così bello, o è la mamma e l'ha avuto giovanissima?», domanda continuando a sorridermi.

Mi sento morire per l'imbarazzo e, per di più, proprio davanti a Jake.

«No signora, in realtà siamo amici, io sono segretamente innamorato di lei, ma lei non mi vuole perché sono troppo giovane, ingiusta la vita, vero?», risponde Jake sospirando in maniera teatrale.

«Su... Sul serio?», indaga la signora molto imbarazzata.

«Stava solo scherzando, grazie e arrivederci», la chiudo lì.

Voglio andarmene al più presto da questo posto.

"Fantastico, cazzo!", impreco tra me.

Ci mancava solo l'impicciona di turno a evidenziare quanto fosse grande il divario d'età tra me ed Ellie.

Lei si è sentita in imbarazzo, l'ho percepito da come ha irrigidito la postura e da quanto è arrossita.

Adesso penserà di doversi vergognare a uscire con me anche solo come amico.

"Meraviglioso, quello che mi ci voleva", rifletto con sarcasmo.

«Non avresti dovuto dire una cosa simile, rischi che domani ci sia un articolo sul Daily Mail», osserva mentre ci incamminiamo lungo il Tamigi.

«Chi se ne frega, odio le persone con la lingua lunga», ribatto piuttosto secco.

«Immagino siano questi i risultati dell'andare in giro con una che sembra tua madre», la butta sullo scherzo lei, ma si vede che le dà fastidio.

«Ellie, non dire cazzate per favore. Mi sono divertito di più a girare con te, piuttosto che con molti miei coetanei, invece, fammi vedere un po' questa città, dai», la esorto.

«Immagino tu ci sia già stato un miliardo di volte, visto il tuo lavoro», osserva lei ancora di cattivo umore.

«Appunto, per lavoro, mai da turista fancazzista, avanti, fammi vedere come ci si diverte!», la esorto.

Finalmente sorride e la giornata prende il via.

Prima andiamo sul London Eye dove terrorizziamo i turisti che sono nella nostra stessa cabina mettendoci a parlare di probabilità di un attacco terroristico, subito dopo prendiamo dello zucchero filato gigante ed Ellie mi guida fino a Carnaby Street dove ci infiliamo nei negozi più improbabili e proviamo vestiti assurdi di ogni tipo e colore.

Alla fine, io ho deciso di andare in giro con un cappello che mi fa sembrare Elton John tatuato ed Ellie si convince a mettersi un paio di occhiali da sole che non oserebbe portare nemmeno Lady Gaga dopo un trip.

Ci divertiamo per il modo in cui ci fissa la gente e le ore volano che è una meraviglia.

Sto impazzendo per colpa del vestitino che indossa oggi Ellie, mi ha sorpreso non vederla in jeans e la scollatura dell'abito e il modo in cui le sobbalzano i seni mentre cammina, mi dicono che sotto non ha niente e sto perdendo letteralmente la testa, trattenermi mi costa uno sforzo notevole perché tutto quello che vorrei è portarla in camera e seppellire finalmente la faccia in quelle fantastiche tette, mentre devo guardarmene bene perché rischio che mi tiri un mega schiaffo.

A cena, Ellie mi porta in un bellissimo locale in centro e tutto prosegue alla perfezione non fosse per la mia ansia perché la giornata sta per finire, domani pomeriggio dovrò tornare a Edimburgo e non ho concluso un cazzo.

Mi sono detto che la dovevo vedere per dirle cosa provo, invece non ci riesco per nulla, soprattutto dopo la gentile osservazione di quella stronza di oggi pomeriggio.

«Dici che si scandalizzerebbero se ordinassi un'altra bottiglia di vino bianco», propongo rimettendo la bottiglia vuota nel secchiello con sguardo deluso.

«Jake, abbiamo finito di cenare, direi che siamo da conto, non da altra bottiglia di vino, penserebbero che siamo due alcolizzati», ride Ellie.

«Ma noi lo siamo», picchietto il dito sul tavolo.

«Be', parla per te», mi punta l'indice contro lei.

«Vorrei ricordarti le nostre sei birre a New York», puntualizzo.

«In quel caso non ci vedeva nessuno», ribatte Ellie.

«Perfetto, sono solo le dieci, andiamo in camera da me e proseguiamo la serata, sono sicuro che il frigo bar del Ritz non sia da meno rispetto a quello dell'albergo di New York», la invito prima di riuscire a trattenermi.

«Ci sto, dai. È una vita che penso solo al lavoro e non mi diverto davvero», mi stupisce Ellie.

CAPITOLO 9

C ome aveva supposto Jake, il frigobar non ci delude.
Lo so che non è un comportamento propriamente
adulto il mio e che bere oltremisura non fa bene, ma
non lo faccio mai e, soprattutto, è da gennaio che non mi lascio
un po' andare e che non mi diverto.

L'alcool mi scioglie la lingua e gli racconto dei ragazzi che
vogliono copiare il suo book credendo che così diventeranno famosi in un batter d'occhio e del mio fiasco con le foto fatte dopo
la vacanza.

Jake dice che secondo lui sono bellissime e che non nota
assolutamente un calo qualitativo, ma io lo so, lo vedo nettamente e ne conosco anche la ragione, tuttavia sono ancora abbastanza mentalmente stabile da tenerlo per me.

Purtroppo per me, però, la mia stabilità non dura a lungo e faccio la mia uscita infelice.

«Allora, adesso devi dirmi di più, fammi almeno vedere una foto di questa fantastica donna che sei certo ti rifiuterà», lo esorto lasciandomi andare contro lo schienale della poltrona sulla quale sono seduta.

Questa stanza è lussuosissima e i braccioli di questa poltrona le conferiscono quasi l'aspetto di un trono.

Sto divagando con i pensieri per non concentrarmi sulla domanda che ho appena posto a Jake.

La verità è che voglio farmi del male e vedere quanto è giovane e bella la ragazza di cui è innamorato.

«Vuoi davvero saperlo?», domanda lui alzandosi dalla poltrona di fronte alla mia e venendo a piazzarsi davanti a me.

«Certo, dai, sono curiosa», lo guardo stranita dall'espressione che ha assunto.

Jake si inginocchia davanti a me e ritrovo il suo viso alla mia stessa altezza.

Mi fissa in un modo strano, abbassa lo sguardo e mi appoggia le mani sulle ginocchia avvicinandosi ancora e facendo aumentare la mia temperatura corporea di circa dodicimila gradi.

«Sei tu, Ellie. Sei tu la persona di cui sono innamorato da mesi», afferma guardandomi negli occhi.

Per un istante resto intontita, poi decido si buttarla sul ridere.

«Cazzo, sei già ubriaco», scuoto la testa.

«Non lo sono per niente, Ellie. Io ti voglio da mesi», dice

senza distogliere lo sguardo.

Inizio quasi a crederci, ma non posso.

«Jake, non dire idiozie. Anche la tizia di oggi ci ha fatto notare che potrei persino sembrare tua madre», faccio presente.

«Affanculo la tizia di oggi!», esclama lui allungando una mano sul mio viso. «Cazzo, Ellie. Oggi mi hai detto che sono meraviglioso, che se una tipa mi rifiutasse sarebbe cieca o pazza. Mentivi, quindi?», domanda obbligandomi a guardarlo in faccia.

«No, che non mentivo», affermo.

«Allora sei cieca o pazza?», insiste lui.

«No, Jake. Cazzo, ovvio che penso tu sia bellissimo, ma ti sei visto allo specchio? Sei l'incarnazione della perfezione, io sono solo una vecchia che si avvicina alla mezza età e si comporta pateticamente da ragazzina, sono grassa, bassa e ho la cellulite...», inizio a blaterare in mia difesa, ma Jake non mi lascia finire la frase.

Porta anche l'altra mano sul mio viso afferrandomi a sorpresa e preme le sue labbra piene e carnose sulle mie.

Non so cosa mi prenda ma perdo la testa e gli affondo le dita tra i capelli rispondendo al bacio con foga.

«Cazzo, lo vuoi anche tu», dice lui scostandosi dalle mie labbra.

«Io... forse mi sono lasciata un po' prendere dal momento», tento di tirarmi indietro e recuperare la ragione.

«Certo, e mi hai quasi soffocato con la lingua per questo», commenta lui stringendo la presa sul mio viso. «Lasciati andare, Ellie», aggiunge poi baciandomi di nuovo.

La sua mano, stavolta, però, non resta sul mio viso, scende afferrandomi un seno e strappandomi un gemito.

«Hai il capezzolo così duro, che pare voler bucare la stoffa», dice con voce profonda eccitandomi a morte.

Non riesco a rispondere perché, prima di avere il tempo di rendermi conto di cosa sta succedendo, Jake mi abbassa la scollatura dell'abito esponendomi completamente al suo sguardo.

Ho il respiro accelerato e sono incapace di parlare.

«Hai due enormi tette incredibili, ci ho fantasticato per mesi», dice.

Mi afferra un seno e ci passa sopra la lingua per poi succhiarlo avidamente, mentre con l'altra mano mi stuzzica l'altro. Il mio corpo gli risponde immediatamente inarcandosi contro di lui, ma la mia mente è ancora ancorata alla realtà e non posso fare a meno di chiedermi che cosa stia succedendo perché, ancora, non riesco a crederci.

Jake fa scivolare una mano sotto il mio vestito, la sento risalirmi la coscia per poi accarezzarmi le mutandine, mi esce di bocca un singulto.

«Ellie, cosa c'è?», domanda scostando le labbra dal mio capezzolo a guardandomi, «hai le mutandine fradice, ma sei rigida come un bastone».

«Io... non capisco», riesco solo a dire.

«Non c'è molto da capire, io voglio te e tu vuoi me, almeno il tuo corpo mi dice questo», prosegue facendomi scivolare un dito sotto la stoffa del perizoma.

«Come potrei non desiderarti», riesco solo a rispondere.

«Allora, non pensare alle stronzate, lasciati andare», dice afferrando l'elastico e facendomi scivolare via il perizoma da sotto il vestito.

Subito dopo mi afferra sotto le ginocchia sollevandomele e appoggiandomele ai braccioli della sedia, poi prende i lembi del mio abito e me lo solleva completamente.

«Ecco, io forse non ne capisco molto, ma questo sì che sarebbe un panorama che vale la pena fotografare: tu a seno nudo e con le gambe spalancate, potrei restare a fissarti per ore», dice guardandomi in mezzo alle gambe mentre il suo dito risale lentamente tra le mie labbra arrivando a sfiorarmi il clitoride e facendomi gemere.

Le sue labbra tornano sul mio capezzolo, i suoi denti lo mordicchiano lentamente, poi si sposta sull'altro riservandogli lo stesso trattamento mentre il suo dito mi penetra.

Il controllo che cercavo di mantenere si perde completamente e mi ritrovo a infilargli le dita tra i capelli gemendo.

Si scosta di nuovo da me per guardarmi, poi si abbassa e mi affonda il viso tra le gambe.

La sua lingua inizia a scivolarmi dentro al posto del dito, poi risale tra le mie labbra leccandole e raggiunge finalmente il mio clitoride che sta pulsando disperatamente.

Lo circonda con le labbra e lo succhia forte, mi inarco contro il suo viso perché sto impazzendo e voglio di più.

Jake allunga le mani sui miei seni pizzicandomi i capezzoli e facendomi gridare mentre la sua lingua ruota attorno al mio clitoride e mi fa quasi svenire dal piacere.

Mi sento precipitare e urlo quando l'orgasmo mi travolge in pieno in modo improvviso e totalitario.

Mi pare quasi di non avere più nessuna forza.

Jake sorride e mi prende in braccio spostandomi sul letto, poi mi libera del vestito lasciandomi completamente nuda.

«Sei meravigliosa, Ellie», dice guardandomi mentre si sfila via la canottiera.

I miei occhi scivolano sul suo corpo perfetto, dagli addominali perfettamente delineati e scolpiti fino ai pettorali, le spalle ampie e quegli ipnotici tatuaggi che gli ricoprono le braccia e i fianchi.

Subito dopo si slaccia i jeans lasciandoli cadere a terra e rimanendo davanti a me in boxer.

È l'uomo più bello che io abbia mai visto ed è quasi nudo davanti a me.

Dovrei godermi tutto, ma non riesco a tapparmi la bocca.

«Jake, io sono solo una vecchia e tu un ragazzo bellissimo», dico prima di avere il tempo di mordermi la lingua.

«Ancora, Ellie? Ascoltami bene: tu sei una donna stupenda e io ti voglio da mesi cazzo, e io non sono un ragazzino, sono un uomo», dice poi si sfila rapidamente i boxer, «e questo non mi pare proprio il cazzo di un ragazzino, Ellie».

Non posso fare a meno di guardarlo, di vedere finalmente dove finiscono i suoi tatuaggi alla base del membro grosso e duro.

Jake se lo avvolge con una mano facendola maliziosamente scorrere su e giù e mi guarda come se volesse mangiarmi.

«Lo vuoi il cazzo di questo ragazzino, Ellie? Da come lo guardi si direbbe di sì», dice continuando a toccarsi.

«Lo voglio, Jake», decido finalmente di arrendermi.

Non ho il tempo di finire la frase che Jake mi ricopre con il suo corpo caldo.

«Ti prego, dimmi che prendi la pillola», dice fermandosi prima di penetrarmi.

Annuisco incapace di parlare.

Jake allora inizia a spingere la punta contro la mia apertura umida.

Ce l'ha così grosso che sento i miei muscoli tendersi allargandosi per accoglierlo, spinge ancora per infilarsi dentro di me e poi mi bacia continuando a entrare, a colmarmi completamente.

Quando entra tutto, scivola completamente fuori, poi ripete da capo e io inizio a gemere aggrappandomi alla sua schiena, tirandolo verso di me, graffiandogli le scapole, perché voglio di più e perdo il controllo sentendomi per la prima volta in vita mia quasi selvaggia.

«Lo vuoi sentire tutto, Ellie?», mi domanda a fior di labbra.

«Sì, ti prego», rispondo.

Jake mi scivola fuori, poi mi afferra le caviglie e se le porta ai lati del collo sollevandomi il bacino dal materasso.

«Eccolo», dice per poi penetrarmi in un colpo forte e unico.

Mi scappa un grido e sì, lo sento fino in fondo, mi fa perdere la testa da quanto arriva in profondità in questa posizione. Quando inizia a scoparmi è talmente totalitario quello che sento che comincio a tremare per il piacere che provo.

«Fammi sentire la tua fica bollente che gode attorno al mio cazzo, Ellie, avanti», dice facendo scivolare la mano tra i nostri corpi.

Il suo dito si inizia a muovere in cerchio sul mio clitoride, mentre i suoi affondi diventano più rapidi e selvaggi.

Mi fa perdere di nuovo il controllo, come se non fossi venuta poco fa e mi contraggo attorno a lui gemendo.

Anche Jake viene un attimo dopo mentre pompa in me così forte che il suo corpo sbatte contro il mio quasi frustandolo.

Quando esce da me, però, è ancora in piena erezione.

«Questo era solo il primo round», dice sdraiandosi e afferrandomi per un braccio.

Mi trascina sopra il suo corpo scultoreo.

«Cavalcami, Ellie. Voglio vederti mentre stai sopra, mentre godi e lo prendi tutto», ordina afferrandomi per i fianchi.

Nessuno ha mai usato un linguaggio simile a letto con me, ma la cosa mi eccita a morte e, immediatamente, faccio in modo che Jake mi penetri.

Quando è dentro me mi muovo su di lui come se avessi uno spirito folle in corpo, poi mi piego abbassandomi sul suo corpo e avvicinandogli il seno al viso.

Mentre mi alzo e mi abbasso sul suo membro enorme,

Jake mi afferra i seni unendoli tra loro e passando con la lingua da un capezzolo all'altro facendomi contorcere dal piacere.

La sua lingua abile stuzzica le mie punte turgide al punto da farmi pregare di avere di più.

Jake si solleva mettendosi seduto contro la testiera del letto con me sopra, poi mi prende le mani e le porta sui miei seni.

«Tienile per me, Ellie», ordina riprendendo a leccarmi come prima mentre le sue mani ora libere si spostano sui miei fianchi.

Mi afferra con decisione imprimendo più forza nelle spinte e facendomi di nuovo sentire così colma come mai lo ero stata prima.

La sua mano destra si stacca dal mio fianco e mi scivola sul sedere, poi il suo dito si fa largo nel solco tra i miei glutei iniziando a scoparmi anche dietro e mandandomi in tilt con talmente tante sollecitazioni che il mio corpo non aveva mai provato tutte insieme.

Urlo quando vengo e Jake mi morde un capezzolo e poi l'altro.

Appena il mio orgasmo si placa mi rivolta e mi ritrovo carponi.

«Dove lo vuoi, Ellie?», domanda facendomi scivolare due dita nel sedere.

«Io... non l'ho mai fatto», ammetto.

«E lo vuoi?», chiede continuando a scoparmi con le dita che sono diventate tre.

«Ti voglio ovunque», affermo senza vergogna.

«Allora sarò la tua prima volta e mi prenderò il tuo bellissimo culo tondo», dice. «Rilassati», aggiunge poi spingendomi la schiena in modo da farmi aderire con il corpo al materasso e farmi sollevare il sedere.

Riprende a lavorarmisi con le dita, scorrono tra le mie labbra gocciolanti di umori risalendomi dietro e penetrandomi l'ano.

Mi lubrifica continuando a scoparmi con le dita, prima davanti poi dietro mentre con l'altra mano mi stuzzica il clitoride.

Quando sento la sua enorme cappella iniziare a premere, mi preparo al dolore, perché so che non sarà piacevole, specialmente con uno con il membro così grande, ma voglio tutto quello che Jake vuole darmi e non desidero tirarmi indietro.

Stringo i denti mentre, lentamente, si prende questa parte inesplorata del mio corpo.

Jake, nonostante sia il più giovane dei miei uomini, è sicuramente il più esperto e capace a far sciogliere il corpo di una donna.

Mentre mi penetra, lo fa lentamente e con molta attenzione cercando di farmi provare meno dolore possibile e dando al mio corpo tutto il tempo di abituarsi al suo membro che mi invade.

La sua mano continua a sollecitarmi il clitoride dandomi piacere e, quando è tutto dentro, si muove piano e in modo circolare facendomi provare insieme dolore e piacere e stimolando terminazioni nervose che nemmeno pensavo di avere.

Si tira lentamente fuori e rientra un paio di volte mentre io inizio a gemere e ansimare.

«Ora sei pronta», sussurra baciandomi la schiena, poi la sua mano mi stringe il fianco mentre i suoi affondi si fanno più intensi e il mio corpo si plasma attorno a lui.

Jake mi afferra i capelli sollevandomi e facendomi aderire al suo corpo.

«Voglio che ti mi senta dappertutto», dice affondando in me con spinte sempre più rapide.

Una mano mi tormenta il clitoride, l'altra si cura dei miei seni che sento pieni e pesanti come mai fino a oggi.

Mi pizzica prima un capezzolo, poi l'altro, delicatamente e poi con forza.

Il piacere e il dolore si mischiano di nuovo e l'orgasmo mi travolge facendomi gridare.

Quando mi placo Jake mi lascia in modo che possa abbassarmi sul letto, poi mi afferra i glutei con le mani allargandoli per andare più a fondo e mi martella selvaggiamente per poi venire urlando il mio nome.

Sono stremata, e lo è anche lui quando si lascia andare sul materasso accanto a me.

Con un braccio afferra il mio corpo avvicinandomi al suo.

Gli passo una mano su quegli addominali di marmo risalendo fino ai pettorali scolpiti e poi lo bacio.

Jake mi stringe baciandomi a sua volta.

«Lo volevo da un tempo infinito, Ellie. Sei mia, mia e basta», dice succhiandomi il labbro.

«Anche io ti volevo da mesi», ammetto.

«Non saprò più starti lontano, ma non è un problema con il mio lavoro, posso spostarmi. Mi trasferirò qui. Starò con te, finalmente insieme a quella che voglio davvero», dice riprendendo a baciarmi.

Mi stringo a lui e, inebriata dal sesso fantastico e dall'alcool, ci credo davvero, credo a ogni singola parola e desidero stare con lui.

La notte è fatta per sognare, è il mattino che cambia tutto.

Quando mi sveglio allungo una mano nel letto per cercare Ellie.

Non trovandola apro bene gli occhi per cercarla nella stanza, ma non la vedo.

«Ellie?», la chiamo sperando sia in bagno.

Nessuna risposta e, ancora prima di alzarmi, so che l'unica cosa di Ellie ad essere rimasta nella stanza è l'odore del suo corpo nel letto.

Noto sul comodino un foglio di carta ripiegato e lo prendo in mano.

Jake,

forse ora mi odierai, ma credimi, è meglio così per entrambi.

Quello che c'è stato tra noi è stato fantastico, la ricorderò come la notte migliore della mia vita, ma i sogni muoiono con la notte, non ne resta traccia all'alba.

Sto solo facendo quello a cui arriveresti anche tu se avessi la mia stessa maturità, ti risparmio l'imbarazzo di uscire da questa stanza con una vecchia, una compagnia di cui, visto anche il tuo lavoro, prima o poi ti vergogneresti e finiresti per considerare un errore.

Avrei dovuto capirlo mesi fa che quelli che sentivo per te erano desideri pericolosi, che prima o poi avrebbero condotto a que-

sto e, davvero, mi dispiace non averci dato un taglio prima.

Non rimpiango il sesso con te, ma appunto solo di questo si trattava, sesso.

È inutile portare avanti una cosa destinata a finire.

Ci siamo tolti entrambi la curiosità di sapere come sarebbe andata, tu di farti una più grande e io di stare con un ragazzo così bello che non sembra vero.

Per favore, non scrivermi più, non cercarmi più, fa' finta di non avermi mai conosciuta e vai avanti con la tua vita, io farò altrettanto.

Abbi cura di te.

Ellie.

E così Ellie ha scelto per entrambi, ha deciso che io le vado bene solo per una scopata in camera, ma che non sono adatto ad andare in giro per mano con lei.

Ha deciso che quello che sento per lei non vale niente, mi ha solo usato come un capriccio e poi è scappata come una ladra da qualcosa che secondo lei sarebbe troppo difficile.

Se n'è completamente fregata delle parole che le ho rivolto, io non le ho detto che volevo sbattermela, le ho detto che sono innamorato di lei, ma evidentemente per Ellie non conta niente, io non valgo niente, non sono abbastanza, solo un ragazzo bello che si è fatta.

Non proverò a cercarla, no di sicuro, ho ancora una dignità e me la terrò ben stretta.

CAPITOLO 10

I l freddo mi artiglia il volto quando arrivo davanti alla porta dello studio, appena riesco a infilarmi dentro tiro un sospiro di sollievo.

La nevicata di oggi non me l'aspettavo, credo non se l'aspettasse nessuno perché le strade sono un vero disastro.

Sam, prima di uscire di casa, era furioso per il tempo.

È un brav'uomo, Kendra in quello ha avuto ragione.

Stare con lui non è male, ma... ogni giorno ripenso a Jake e alla notte che ho trascorso con lui.

Quest'estate saranno due anni che non lo vedo, né sento più. A marzo compirò quarant'un anni e Jake ventotto.

Ogni tanto, sui giornali, mi capitano notizie su di lui.

È diventato un modello famosissimo e richiesto, soprattutto per la particolarità dei suoi tatuaggi.

Molti, proprio come me, li hanno definiti ipnotici.

Ricordo che nelle mie fantasie lo descrivevo come un'opera d'arte vivente e, adesso, lo fanno anche le riviste.

È sempre circondato da ragazze giovani e bellissime e come potrebbe essere altrimenti con un viso e un corpo come il suo?

Se sono gelosa?

No, non posso permettermelo, semplicemente è un dolore sordo ai margini della mia coscienza che, ogni tanto, mi dice che non lo dimenticherò mai e che non sarò mai più così felice.

Con Sam ho una vita tranquilla.

Non alza le mani come Harry, né tenta di darmi ordini o opprimermi.

A letto non provo quasi niente, ma non è importante, non così tanto come si possa credere.

Ho una persona con cui condividere la vita, un uomo buono che mi ama trovandomi speciale, che mi fa regali e condivide la sua vita con me.

È il meglio che potessi aspettarmi.

Ho definitivamente abbandonato le mie velleità artistiche e mi sono specializzata nei book fotografici, la vincita del concorso con la foto di Jake, almeno, mi ha lasciato quello e il lavoro gira bene.

Si presentano per i book moltissimi ragazzi e ragazze.

Oggi, anche se non ho appuntamenti, sono venuta in studio nonostante il maltempo proprio per questo: portare avanti il lavoro. Ho ben tre album da editare. Devo scegliere quali siano le foto migliori, ripassarle con Photoshop e consegnarle agli aspiranti modelli.

Almeno riceverò il mio pagamento e sarò al passo con le altre commissioni senza accumulare lavoro in sospeso inutile.

Dopo un'ora sto letteralmente impazzendo sulle immagini di Jenny che non ha voluto saperne di ascoltare il mio consiglio.

È molto bella, ha un volto spettacolare e le ho suggerito di concentrare il book su quello.

Sarebbe stata perfetta per la pubblicità di qualche crema per la pelle e simili, ma lei non ne ha voluto sapere e ha voluto fare quasi la totalità degli scatti a figura intera in costume.

Il problema è che, nonostante sia alta, magra e ben fatta, Jenny ha le cosce piene di ritenzione idrica e in costume non è lo spettacolo preferito di chi ricerca una modella di sicuro.

Ai miei occhi è una ragazza fantastica comunque, ma so con che criteri guardano le immagini certe persone.

Gliel'ho fatto notare con molto tatto e lei mi ha risposto che, intanto, c'è il foto editing.

Il suo ragionamento non fa una piega, ma a indossare costumi, se l'avessero chiamata, ci sarebbe poi dovuta andare di persona e, dopo averla vista, nessuno l'avrebbe richiamata.

In ogni caso sono qui per fare il mio lavoro, lei questo ha richiesto e io tanto le darò editando le sue cosce e il suo sedere ricoperti di buccia d'arancia e trasformandoli in gambe levigate e chiappe da urlo, proprio come mi ha chiesto.

In fondo devo solo procurarle delle foto che le piacciano, poi la sua futura carriera è affare suo, non certo mio, ho tentato di aiutarla con un discorso onesto, ma non ha voluto ascoltare, più di così non posso fare.

Quando mi arriva un'e-mail mi distraggo subito.

Di solito finisco un lavoro prima di fare altro, ma ogni sua foto mi richiede una concentrazione pazzesca e sto iniziando a stancarmi e perdere attenzione.

L'e-mail è di Salvani, un'importante casa di moda.

Gentile Ellie Barnes,

le scrivo perché ho il piacere d'invitarla a partecipare in qualità di fotografa al servizio fotografico che terremo il dodici febbraio in una nota località sciistica, Avoriaz.

Mi faccia sapere quanto prima se intende partecipare.

Carlos Johnson

Seguono le indicazioni per raggiungere il posto, le specifiche sull'orario, il compenso e la quantità di scatti che dovrò fare.

Il lavoro sembra molto ben retribuito, trascorrerò una settimana in una località sciistica fantastica e scattare foto per Salvani mi concederà maggior credito come fotografa di moda.

Penso che accetterò, dopotutto fare i book è la sola cosa sulla quale sto lavorando e guadagnando, ci vuole qualcosa che mi dia un po' più di visibilità per incrementare le entrate.

«H a accettato?», domando impaziente a Carlos dopo un'ora che ha mandato l'e-mail.

«Sì, ha accettato», risponde lui annuendo. «Spero almeno sia davvero una brava fotografa o Salvani mi taglierà le palle», aggiunge poi preoccupato.

«Hai visto o no la mia foto con cui ha vinto il concorso? È brava, semplicemente poco famosa», spiego picchiettando il dito sull'immagine.

«D'accordo, non capisco perché tu l'abbia voluta a tutti i costi, ma non mi riguarda», alza le mani Carlos.

Quando esco dal suo ufficio sono euforico per il risultato

della mia trovata.

Ho avuto modo di sapere che Ellie si è concentrata solo sui book fotografici di aspiranti modelli, ha lasciato perdere qualsiasi altra cosa e si mantiene quasi totalmente con quello, sapevo che non avrebbe rifiutato un'offerta di Salvani, fare foto per lui avrebbe dato lustro al suo nome.

Non l'ho fatto per aiutarla o essere gentile, davvero no.

Sono cambiato, vedo le cose in tutt'altra maniera rispetto a quella notte di luglio al Ritz.

Ho capito che Ellie mi ha solo usato come un oggetto per poi buttarmi via ed è tempo della nostra resa dei conti, che abbia il coraggio di guardare quello che ha buttato e non potrà più avere, che affronti la realtà da cui è scappata.

Fino a qualche mese fa, non ne avrei avuto il coraggio, sono stato consapevole della mia debolezza e del fatto che, appena l'avessi vista, sarei capitolato. Ma adesso ho sviluppato abbastanza distacco.

Mi toglierò la soddisfazione proprio davanti ai suoi occhi.

Quando Carlos mi ha detto che Salvani si era fissato di voler fare le foto della sua linea di costumi in un albergo sulle Alpi francesi ho pensato fosse pazzo.

Poi ho visto le foto dell'hotel e ho capito.

L'albergo ha una SPA con un'architettura incredibile, sembra scavata nei ghiacci e così Salvani avrebbe avuto foto uniche che avrebbero spiccato in confronto a quelle della concorrenza.

Tutti avrebbero proposto i soliti servizi alle Maldive o

Santo Domingo, mentre lui avrebbe mostrato i suoi costumi in mezzo ai ghiacci.

Noi non saremmo morti assiderati perché, in realtà, saremmo stati in una SPA, ma l'occhio di chi avrebbe guardato le foto avrebbe suggerito che eravamo al gelo e tutti avrebbero parlato di quelle foto chiedendosi come, dove, nessuno escluso.

Sarebbero state foto incredibili.

Sono certo Ellie sia all'altezza di fare risaltare gli scatti, ma sono ancora più certo che sia arrivato il momento che paghi per il modo in cui mi ha trattato.

Non saprà che dietro l'invito ci sono io fin quando non mi si ritroverà davanti, ma il contratto di lavoro sarà firmato a quel punto, con tanto di clausole, e lei dovrà rimanere tutta la settimana.

Sette giorni di puro inferno tra i ghiacci, mia cara Ellie, ecco cosa sto per riservarti.

* * *

Sono le cinque del pomeriggio del giorno prima dell'inizio del servizio.

Fuori nevica copiosamente, ma io sono al calduccio nella mia stanza su un fantastico letto oversize.

Le due modelle che parteciperanno al servizio sono con me.

Katy si sta dando da fare saltandomi sull'uccello, Julia, invece, aspetta il suo turno di farsi impalare leccandomi ovunque.

La vita è bella e, presto, lo sarà ancora di più, avrò la mia vendetta.

Quando il mio cellulare sul comodino suona, lo afferro immediatamente.

«Non rispondere, sto per venire», si lamenta Katy.

«Mica ti devi fermare, continua cara», ribatto per poi premere il tasto di risposta.

«È arrivata», dice semplicemente Carlos.

«Bene», rispondo chiudendo la chiamata proprio mentre Katy inizia a gemere.

«Ora tocca a me», si fa avanti Julia con un nuovo preservativo in mano.

Me lo mette, dopo mi sale sopra.

«Ragazze, è arrivato l'impegno di domani. Sapete cosa faremo, vero?», domando per stare sicuro che siano sempre d'accordo.

«Certo, Jake», risponde Katy.

«Sì», si dimena sopra di me Julia.

«Brave, vedrete, ci divertiremo».

Dopo non aggiungo altro, in fondo avere due donne da soddisfare richiede energie e Julia e Katy oggi sembrano davvero insaziabili anche per me.

LUNA COLE

CAPITOLO 11

Q uando mi sveglio, subito non ho la percezione di non essere a casa mia, poi mi rendo conto di trovarmi nell'albergo in mezzo alle Alpi e, guardando l'orologio da polso, noto che sono già le nove e mezza passate e schizzo in piedi con gli occhi sbarrati.

«Cazzo! Il servizio fotografico!», impreco ad alta voce svegliando anche Sam.

Ha deciso di venire con me perché ama la montagna e, mentre io lavorerò agli scatti, lui potrà andare a sciare.

«Cosa succede?», domanda pacatamente.

«La sveglia che avevo concordato con l'hotel, non hanno chiamato. Sono quasi le dieci meno un quarto», rispondo mentre corro da una parte all'altra della stanza per vestirmi il più rapidamente possibile.

«Strano», commenta lui alzandosi. «Non preoccuparti, può capitare», aggiunge poi per consolarmi.

«Sì, certo, di arrivare in ritardo a un servizio di moda di Salvani per il quale devi solo scendere dalla tua stanza nel centro benessere dell'albergo. Appena lo sapranno, di certo, si complimenteranno per la mia serietà», replico secca afferrando tutte le borse con il materiale.

«Scusati e cerca di fare del tuo meglio», suggerisce Sam.

«Buon divertimento sulle piste», lo saluto correndo verso gli ascensori.

Mentre mi avvio verso il centro, che per fare il servizio è stato tenuto chiuso al pubblico, mi preparo mentalmente a scusarmi con i modelli presenti, so solo che saranno un ragazzo e due ragazze, ma non ho i loro nomi.

Posso sperare siano comprensivi e non dicano nulla, o sperare che siano talmente montati da essere ancora più in ritardo di me e che non ci siano affatto.

Sono anche pronta, in caso Salvani abbia ordinato al suo supervisore di essere qui, a beccarmi una mega lavata di capo, vaglio tutte le possibilità ma niente avrebbe potuto prepararmi a quello a cui mi trovo davanti quando apro la porta della stanza predisposta per gli scatti.

Per un attimo sono talmente incredula che resto impietrita sulla porta.

Sono due ragazze e un ragazzo, appunto, ma sono completamente nudi.

Lui è sdraiato supino, una delle due ragazze gli sta sopra e lo sta cavalcando, l'altra, invece, è seduta praticamente sulla sua faccia e se la sta facendo leccare.

Purtroppo, data la particolarità dei suoi tatuaggi, riconosco subito il ragazzo.

È Jake e la ragazza che si sta scopando sta anche avendo un orgasmo, in questo preciso istante, proprio davanti a me.

«Siete per caso impazziti? Pensate di essere sul set di un film porno!», alzo la voce rivelando la mia presenza.

«La ragazza seduta sulla faccia di Jake inizia ad ansimare come se niente fosse, mentre l'altra, che a quanto pare ha finito, si alza dal suo membro ancora eretto.

Quando anche la seconda ha finito, si sposta.

Jake si mette a sedere, mi lancia uno sguardo lungo e sprezzante poi si alza in piedi.

«Scusa, ma hai ritardato talmente tanto che ci stavamo annoiando. Non te la prendere a male dai, almeno ti abbiamo regalato un po' di sano sesso selvaggio, no?», domanda facendo ridere le due sceme.

«Sono venuta qui per fare delle foto, non per assistere a un film porno di terz'ordine», ribatto iniziando a montare l'occorrente.

«Sì, e sei in un ritardo mostruoso, avremmo dovuto iniziare almeno un'ora fa», mi fa notare lui.

Purtroppo, su questo punto ha ragione e non posso ribattere alcunché, è vero, sono in un ritardo mostruoso.

«Andatevi a cambiare, per favore, almeno possiamo iniziare», dico secca.

Mentre vanno verso gli spogliatoi, una delle due fa una risatina idiota.

«A cambiarci? E cosa mi devo togliere? La pelle? Se mai a vestirci», ridacchia dando un bacio sulla spalla di Jake.

«Sarà rimasta scioccata, chissà quanti anni sono che non vede un ragazzo così giovane nudo», ridacchia l'altra e non si danno nemmeno la pena di tenere il tono di voce basso.

Sono quasi tentata di andare loro dietro e prenderle a schiaffi, ma mi contengo per non dare loro soddisfazione.

Quando tornano, per fortuna, capiscono che il lavoro deve andare avanti e la smettono di fare gli idioti.

Proseguiamo a scattare per diverse ore tra i vari cambi di costume.

Fortunatamente hanno poca roba da indossare e sono piuttosto rapidi.

A un certo punto, Jake deve fare degli scatti da solo e, in tutta tranquillità, anziché andare nello spogliatoio, inizia a cambiarsi il costume direttamente davanti a me.

«Sei fuori di testa?», domando portandomi le mani sui fianchi.

«Di cosa ti lamenti? Almeno facciamo prima e poi direi che con il mio cazzo, ormai, hai una certa confidenza», aggiunge divertito.

Le due stupide ridacchiano, probabilmente pensano che si riferisca a poco fa, ma io so bene a cosa sta adducendo.

Purtroppo, le foto di Jake da solo, sono sette cambi e, per

tutte le volte, ripete lo stesso identico spettacolo idiota.

Quando finiscono, finalmente, sono un fascio di nervi.

I motivi sono diversi.

Il primo è quello di ritrovarmi davanti Jake dopo tutto questo tempo, mi sconvolge; il secondo è lo spettacolo al quale ho dovuto assistere, è sentire lo stomaco aggrovigliarsi per il dolore di quello che sai che ti è appartenuto e non potrai mai più avere.

Dalle battute e risatine delle ragazze, e dal suo modo di fare, mi è chiaro oltre ogni dubbio che Jake abbia finalmente capito il divario che ci separa e, soprattutto, quanto sia cambiato.

Il ragazzo che ho conosciuto non avrebbe mai fatto niente del genere, mai.

"E quanto lo hai conosciuto?", mi domando un attimo dopo.

Di fatto abbiamo trascorso insieme, in tutto, una manciata di giorni, il resto del nostro rapporto si è svolto in chat.

Non ho mai fatto parte della vita di Jake e non ho certo modo di poter dire se, anche prima, si comportasse in questo modo.

La sera sono molto silenziosa e Sam lo nota, ma mi invento che sono preoccupata per il ritardo e che temo i modelli lo riferiscano.

A cena non riesco a mangiare quasi niente e la notte, al pensiero di domani, la passo insonne.

Un lato positivo, però c'è.

La mattina mi alzo alle sei e, ben decisa ad arrivare prima

di loro, vado in piscina dove si terrà il servizio di oggi e inizio a preparare l'attrezzatura.

Purtroppo, però, non ho fatto i conti con Jake.

Alle sette meno un quarto entra in piscina.

A parte me non c'è nessuno, il servizio avrà luogo alle nove, è ampiamente in anticipo.

Lo vedo slacciarsi l'accappatoio con deliberata lentezza a pochi passi da me e lasciarlo cadere in terra. Sotto è completamente nudo.

Senza degnarsi nemmeno di scusarsi o dire una parola, si tuffa in acqua e comincia a nuotare.

Il culmine lo raggiungiamo venti minuti dopo quando arrivano le due modelle e fanno altrettanto.

«Che diavolo credete di fare? Oggi sul menù c'è orgia in acqua?», urlo in loro direzione.

«Che cosa vuoi? Dobbiamo iniziare a lavorare tra un po', ci stiamo solo divertendo», risponde una delle due ragazze guardandomi male.

«Se hai il coraggio di farlo, puoi spogliarti e fare una nuotata anche tu, altrimenti vattene, no? Manca ancora un po' alle nove», dice Jake afferrando per i seni la tipa che mi ha parlato.

Mi domando quanto ci metterò a impazzire.

Imprecando esco dalla piscina senza dire loro una parola e, visto che ho un po' di tempo, e ieri sera ero così nervosa che mi sono dimenticata di farlo, vado in reception a lamentarmi per la mancata sveglia di ieri mattina.

Fortunatamente trovo al bancone la ragazza con cui

l'avevo concordata.

«Mi scusi, posso sapere perché ieri non mi avete svegliata?», domando piuttosto seccata

La ragazza mi fissa con una faccia perplessa, poi mi chiede il numero di camera e controlla.

«Signora, guardi che avete chiamato per disdire il servizio», afferma voltando il monitor verso di me e indicandomi che verso mezzanotte qualcuno ha dato quella disposizione.

Io, però, sono più che sicura che non sia stato Sam che a quell'ora già dormiva e sommandolo alla trovata di stamani, inizio ad avere dei sospetti.

Il servizio continua a essere un totale supplizio.

Non mi viene risparmiata una sola provocazione, tra uno scatto e l'altro Jake bacia entrambe le ragazze, si toccano e fanno allusioni ogni volta che ce n'è la possibilità.

Non esplodere mi costa un notevole sforzo, ma quando finiamo decido che oggi non la passerà liscia.

Tutto questo non è una coincidenza, è studiato a tavolino con il solo scopo di umiliarmi.

Quando finalmente terminiamo, inizio a smontare la mia roba, salgo fino nella mia camera a lasciare il materiale, poi mi invento con la receptionist che ho dimenticato di avvisare i modelli che il giorno dopo non ci sarà il servizio, e mi faccio dare il numero di camera di Jake asserendo che gli devo anche consegnare dei provini delle foto.

Domani l'area è già affittata per un compleanno di un pezzo grosso e Salvani non ha potuto farci nulla, quindi avremo la giornata libera.

Decisa ad avere delle risposte, prendo l'ascensore e marcio fino alla stanza di Jake bussando alla porta.

Poco dopo viene ad aprire la porta esordendo con un: «fiorellini, non siete ancora sazi?», per poi ritrovarsi davanti me.

«Che cosa vuoi, Ellie?», domanda seccato.

«Ti devo parlare e ti conviene farmi entrare se non vuoi che faccia una piazzata qui in corridoio», affermo bellicosa spintonandolo.

«Accomodati», si fa da parte lui con tono arrogante. «Allora, che cosa vuoi?», mi incalza poi dopo aver richiuso la porta.

«Non so a che gioco tu stia giocando, ma tutto questo deve finire, altrimenti giuro che mi lamenterò con Salvani e ti renderò la vita un inferno», lo minaccio.

«Ah davvero, ed esattamente cosa ti crea un problema? Che ci divertiamo quando non stiamo lavorando? Tu sei troppo matura per queste cose?», domanda con arroganza.

«Lo sai benissimo a cosa mi sto riferendo, lo stai facendo di proposito. La mancata sveglia di ieri è opera tua e, sicuramente, oggi ti sei fatto avvisare che ero di sotto e siete venuti a fare quel bello spettacolino apposta», lo accuso.

«Ah sì?», chiede lui ridendo di me.

«Jake, piantala, perché davvero te la farò pagare», lo fulmino.

«E di cosa vuoi farmela pagare, Ellie? Di non essere stata tu quella che saltava sul mio cazzo? Oppure avresti preferito essere quella a cui la stavo leccando? O forse vorresti l'esclusiva», domanda slacciandosi l'accappatoio.

Fortunatamente sotto ha i boxer stavolta.

«Che cazzo stai facendo?», esclamo alterata.

«Quello per cui sei venuta fin nella mia stanza, potevi anche telefonarmi, no? Non è questo che vuoi? Scommetto che, solo a starmi vicino, la tua fichetta ingorda è già tutta bagnata, vero Ellie?», domanda allusivo passandosi una mano tra i capelli.

Non è facile, per me, trovarmi davanti praticamente nudo l'uomo da cui io sia mai stata più attratta al mondo.

L'unico che mi abbia mai fatto sentire viva, felice, l'unico con cui a letto ho provato cose che non avevo mai sentito.

«Piantala di provocarmi, Jake, cerca di essere serio per una cazzo di volta», lo accuso.

«Serio? O adulto? Non ti mangi le mani ogni volta che pensi a me, Ellie? Ieri sera hai scopato con quella specie di scaldabagno che ti porti dietro pensando a me? A quello che hai visto? O non fate nemmeno sesso?», domanda avvicinandosi.

Automaticamente indietreggio fino ad andare a sbattere contro il muro.

In pochi attimi Jake, con il suo fisico perfetto e imponente, è davanti a me e mi sovrasta.

«Mi vuoi ancora vero, Ellie? Non hai saputo cogliere l'attimo quando hai avuto la possibilità e, adesso, ogni notte mi pensi?», mi prende in giro schiacciando il suo corpo contro il mio.

Sono senza respiro, letteralmente senza aria nei polmoni.

Il corpo di Jake preme sul mio schiacciandomi e mentre mi appoggia la bocca contro l'orecchio, mi strofina addosso la sua erezione.

«Lo vuoi ancora il cazzo di questo ragazzino vero, Ellie», mi dice con le labbra che mio sfiorano maliziosamente il lobo.

Non sono nemmeno in grado di parlare, o di opporre resistenza, quando la sua mano mi scivola dentro i pantaloni e poi sotto l'orlo delle mutandine fino a raggiungere il mio sesso pulsante e bagnato.

«Oh, sì, cazzo se lo vuoi, Ellie», dice ancora contro il mio orecchio mentre il suo indice mi scivola dentro e il pollice mi massaggia il clitoride.

Dovrei reagire, scrollarmelo di dosso e dargli una ginocchiata nelle palle, ma tutto quello che riesco a fare è cercare di tenere le labbra serrate per impedirmi di ansimare.

Improvvisamente, Jake sfila via la mano e si allontana di un passo da me.

«Vai da quel rimpiazzo che ti sei cercata se vuoi godere, Ellie, non ti farò venire», dice con un sorriso di scherno. «Ora levati pure dalle palle, la porta è quella», me la indica.

«Sei un pezzo di merda, non sopporterò altre porcate sui set, la pagherai», lo minaccio mentre marcio a passo deciso verso l'uscita.

«Ellie», mi chiama quando ho la mano sulla maniglia, «puoi lamentarti di quello che vuoi con chi cazzo vuoi, non cambierà niente. Forse non lo sai, ma questo lavoro lo hai ottenuto grazie a me. Pensa, sono talmente influente per Salvani che ho potuto scegliere anche la fotografa del servizio. Sai, dubito proprio che mi cacceranno per qualche scopata, oltretutto fuori dall'orario lavorativo. Tutto quello che puoi fare, al limite, è ringraziarmi per averti fatto guadagnare dei soldi», mi dà la stoccata finale mentre sto uscendo.

Cerco di trovare la forza per tornare al mio piano e, quando ci arrivo, ho la consapevolezza che non solo se Jake lo avesse voluto avrei ceduto come una gatta in calore, ma che mi ha quasi fatto l'elemosina facendomi avere questo lavoro.

Mi metterei a piangere non fosse che Sam rientra dopo poco dalla sciata.

«Com'è andata?», domando fingendo un sorriso che mi costa immensa fatica.

«Benone, le piste sono incredibili, domani ti divertirai», mi risponde allegro.

«Ottimo, vado a fare una doccia», mi rifugio in bagno per restare sola.

Mentre sono sotto l'acqua bollente, l'unica cosa che mi consola è che per domani mi leverò dalle palle Jake e le sue due oche. Passerò una giornata a disintossicarmi dalla sua presenza e starò un po' meglio.

"Maledizione, perché quando lo vedo, nonostante tutto, provo sempre le stesse identiche cose? Perché so già che se mi portassi la macchina sulle piste, nonostante il sentimento preponderante adesso sia la rabbia, farei degli scatti incredibili da cui fuoriuscirebbero tutte le mie emozioni?", mi domando piangendo sotto l'acqua.

So la risposta e fa più male di tutto il resto.

La verità è che, nonostante io abbia ormai quarantun anni

e lui solo ventotto, sono sempre innamorata di lui, non mi è mai passata.

Posso anche non averlo né visto, né sentito per quasi due anni, ma il cuore non conosce età, ragione o tempo.

* * *

Al mattino io e Sam scendiamo presto per fare colazione, fortunatamente non c'è traccia di Jake, credo che stamattina lui e quelle due scenderanno molto tardi, avranno passato tutta la notte a fare solo Dio sa cosa.

Solo pensarci mi dà i brividi.

"O è gelosia perché sai che in quel letto avresti potuto esserci tu?".

«Hai preso tutto?», interrompe i miei pensieri Sam che ha già messo insieme tutta l'attrezzatura per andare sulle piste.

«Affermativo», gli sorrido alzando il pollice.

«Allora andiamo. Dobbiamo scendere alla fermata intermedia per le piste migliori, quelle in alto sono le nere. Sono molto più su e, tra l'altro, oggi ho visto che è prevista una nevicata, quindi ci conviene restare sempre in basso», spiega visto che ha consultato il bollettino.

Quando arriviamo siamo tra i primi, le piste sono bellissime, effettivamente il cielo è leggermente nuvoloso, ma sembra tenere, almeno per ora.

Scendiamo alla fermata intermedia della seggiovia e iniziamo la discesa.

Era molto tempo che non mettevo gli sci e sono un po' impacciata, ma tutto sommato mi diverto e l'aria fredda in faccia, unita alla velocità, mi fa sentire un po' più viva del solito.

La brutta sorpresa ce l'ho quando arriviamo a valle e vedo chi sta per salire sul sedile della seggiovia dietro il nostro: Jake e le due oche.

Le loro risatine mi arrivano alle spalle e mi verrebbe voglia di tirarle giù dalla seggiovia, l'idea di passare del tempo con loro anche qui mi fa venire l'orticaria.

Quando siamo in prossimità della sosta intermedia dove dobbiamo scendere, Sam inizia ad alzare la sbarra.

Voltandomi vedo una delle due oche fare altrettanto.

"'Fanculo, andrò alla nera", penso tra me.

Sam rimarrà perplesso, ma pazienza, gli dirò poi che mi sono sbagliata ed ero sovrappensiero.

Lui scende e io non lo faccio, con la coda dell'occhio vedo anche la prima delle due oche scendere e tiro un sospiro di sollievo.

«Scusa, mi dispiace! Ero distratta!», urlo alla volta di Sam riabbassando la sbarra di sicurezza.

Lui scuote la testa mettendosi scherzosamente le mani nei capelli, fortunatamente sono stata credibile.

Una sola cosa non va bene: anche Jake è rimasto sulla seggiovia.

Quando siamo ormai lontani dalla stazione e la nebbia inizia ad avvolgerci, Jake prende a provocarmi da dietro.

«Avevi voglia di brividi, Ellie? La tua vita è troppo noiosa?», chiede con tono sarcastico.

Non mi do nemmeno la pena di rispondere, intanto metterò i piedi a terra prima di lui e mi lancerò immediatamente verso il basso lasciandomelo alle spalle.

Dopo un po' la nebbia inizia ad avvolgermi e qualche fiocco di neve mi sbatte in faccia.

Ho il primo dubbio sulla scelta che ho appena fatto, ma pazienza, cercherò di seminare Jake e poi di scendere senza uccidermi.

Quando mi rendo conto che Ellie non scende alla stazione mediana, ma prosegue mentre il suo compagno si è fermato, mi domando che cazzo le sia venuto in mente.

Io, che sono uno sciatore preparato e scavezzacollo, oggi non mi sarei sognato mai e poi mai di salire fin là sopra.

Hanno previsto un tempo infame e la nera, qui, non è uno scherzo, è tra le più divertenti, ma anche più insidiose, che io abbia mai fatto.

Non ci penso un secondo e decido che non scenderò nemmeno io.

Le grida isteriche delle mie due compagne di viaggio mi arrivano alle spalle, ma poco me ne fotte.

Non mi importa niente di loro, sono fighe e me le sbatto, ma domani potrebbero volatilizzarsi nel nulla e non farebbe differenza alcuna e poi troverei in fretta qualcuna con cui sostituirle.

Ellie no.

Lei è unica e, io sia maledetto, sono ancora innamorato di lei.

Essere stato a un passo dall'averla e farmela, ieri, è stato altamente rivelatore.

Inizialmente l'ho voluta qui solo per umiliarla e fargliela pagare poi rivederla ha cambiato tutto.

Osservarla a tavola con quel cazzone che si porta appresso mi ha fatto avvertire una rabbia cieca, ma il peggio è stato ieri.

Essere solo in stanza con lei, affondarle le dita dentro e trovarle la figa inondata per me, mi ha letteralmente ucciso.

"Sarebbe troppo da pervertito ammettere che, quando è uscita, mi sono portato le dita alla bocca e le ho succhiate avidamente per sentire il suo sapore?".

Forse è anche peggio quello che ho fatto dopo.

Sentire il gusto dei suoi umori e il suo odore, mi ha fatto perdere letteralmente la testa e non ho saputo resiste, me lo sono preso in mano e mi sono fatto una sega.

Mi sono fermato senza andare avanti, lasciandola a metà, un po' per dispetto, per lasciarla insoddisfatta apposta, un po' perché mi ha spaventato l'intensità di quello che ho provato solo toccandola, è stato come la prima volta in cui le ho abbassato le spalline dell'abito quell'estate nel mio hotel e mi sono ritrovato davanti alla faccia le sue tette grosse e sode potendole toccare e leccare.

Ripensarci me lo fa venire duro come il marmo e la rabbia mi spinge a provocarla, ma Ellie non reagisce, neppure mi risponde.

Poco dopo siamo avvolti dalla nebbia e i primi fiocchi, avvisaglia della tempesta che sta per iniziare, mi sferzano il viso, spero solo che arriveremo di sotto prima che inizi davvero.

Riesco a distinguere Ellie in mezzo alla foschia solo perché ha una tuta rosa fluorescente, altrimenti mi sarebbe già praticamente invisibile.

Distinguo a malapena la stazione quando arriviamo e lei che scende dalla seggiovia.

"Che cazzo sta facendo?", mi domando spaventato quando noto che, anziché andare in direzione di dove inizia la pista nera, si lancia dalla parte opposta, fuori pista e partendo di gran carriera.

«Ellie!», inizio a chiamarla urlando, ma lei mi ignora.

«Maledizione!», impreco affrettandomi a scendere quando è finalmente il mio turno.

Non so se si sia confusa per la nebbia o se non abbia la più pallida idea di dove stia andando, ma non perdo tempo a chiedermelo e le vado subito dietro.

Fortunatamente sono già stato anche da questa parte, ma in tutt'altre condizioni.

C'era un bel sole e buona visibilità.

Mi do la spinta più forte che posso e inizio a pompare con le gambe per cercare di guadagnare terreno e raggiungerla.

«Ellie, fermati!», la chiamo di nuovo non appena intravedo la tuta rosa in lontananza.

Ma Ellie non mi sente, o forse mi ignora deliberatamente perché mi sembra addirittura stia spingendo sempre di più.

Faccio altrettanto continuando a chiamarla, ma niente.

Qualche attimo dopo, per poco, non mi scoppia il cuore nel petto.

Ellie, improvvisamente, mi scompare dalla vista e mi ricordo di un dislivello piuttosto grosso che c'era in questo punto.

Quando mi sporgo vedo che è sdraiata in terra accanto a un albero e non si muove.

«Ellie!», prendo a urlare il suo nome come un disperato e, senza badare troppo a quello che faccio, salto cercando di arrivarle il più vicino possibile.

Quando la raggiungo mi rendo conto che sta tentando di rialzarsi, ma cade immediatamente a terra.

«Ellie, maledizione, sei matta? Sei andata fuori pista», dico avvicinandomi a lei.

«E perché sei venuto, potevi andare per la tua strada», mi risponde seccata.

«Dovresti ringraziare io sia qui, invece, altrimenti ti ritroveresti sola, in mezzo a una bufera e incapace di camminare», le faccio notare sfilandole lo sci che le è rimasto al piede.

«Fatti gli affari tuoi e vattene, sono in grado di cavarmela da sola», mi ringhia contro.

Quando si rialza in piedi, però, è più che evidente che non è così.

Le scappa di bocca un grido di dolore e cade nuovamente a terra.

«Devi esserti presa una bella storta», osservo.

«È colpa tua!», inveisce contro di me.

«Non è colpa mia se hai deciso di venire sulla pista nera con una tormenta in arrivo e, per di più, sei andata anche fuoripista, Ellie», le faccio presente mentre noto che inizia a nevicare sempre più forte.

«Potevi evitare di venire a rovinarmi la giornata con la

tua presenza pure oggi», sibila voltando la faccia per non guardarmi, «non sono scesa apposta per non dover avere a che fare con te, invece mi sei venuto dietro», aggiunge.

«E ringrazia io lo abbia fatto. Sei fuori di testa, con queste condizioni sei salita fin qui e, visto come hai agito, immagino tu non conosca nemmeno il posto. Adesso facciamo come dico, non voglio morire qui», dico infilandole le mani sotto il corpo e alzandomi mentre la tengo in braccio.

«Mettimi giù, testa di cazzo», inizia a dimenarsi Ellie.

«E per andare dove, non lo vedi come nevica? E non ti reggi in piedi. Non andremo da nessuna parte per un bel po'. Fortunatamente io non mi avventuro mai in posti che non conosco già bene e so cosa fare», rispondo iniziando a camminare.

Dopo circa duecento metri di risalita sulla destra, scorgo la baita che mi ricordavo.

È disabita, è una specie di rifugio per chi è di passaggio ed è quello che fa al caso nostro.

Reggendo il peso di Ellie con un braccio, afferro la chiave nascosta in un vaso appeso accanto con l'altra e apro la porta.

Qui dentro non c'è nemmeno la luce e, vista la scarsa visibilità, è piuttosto buio.

Deposito Ellie sul divano cercando di non procurarle altro dolore, poi inizio ad accendere qualche lanterna e, subito dopo, benedico chi si cura di questo posto che ha lasciato accanto al camino una bella catasta di legna: non moriremo assiderati qui dentro.

«Voglio tornare giù», si lamenta Ellie fissandomi mentre inizio ad accendere la legna.

«Mi dispiace per te, ma non potrai farlo per un bel po'», affermo continuando a impilare altri ciocchi nel camino. «Adesso ti sfili la tuta e mi fai vedere la gamba, devo capire che diavolo ti sei fatta», aggiungo voltandomi verso di lei.

Ellie sgrana gli occhi come se le avessi detto che voglio banchettare con il suo corpo e immagino che vincere questa battaglia non sarà molto semplice.

CAPITOLO 12

Q uando Jake si avvicina, automaticamente mi ritraggo sul divano cercando di allontanarmi da lui.

«Ellie, non fare la stupida, hai preso una bella botta, fammi vedere», insiste avvicinandosi ulteriormente.

Fingo di non averlo sentito e tiro fuori il cellulare dalla tuta da sci sperando di poter chiamare Sam e dirgli dove sono perché mi venga a prendere al più presto.

Ovviamente non c'è alcun segnale.

«Maledizione», impreco buttandolo sul divano.

«Rassegnati, qui non c'è campo con il bel tempo, figurati in queste condizioni», commenta Jake seguendo con lo sguardo il volo che ho fatto fare al mio telefono.

«Come facciamo ad andarcene?», gli domando passandomi le mani tra i capelli.

«Per ora direi che è escluso e, viste le condizioni», aggiunge scostando la tendina alla finestra, «dubito che verrà a cercarci qualcuno molto presto. Quando il tempo migliorerà, arriveranno i soccorsi. Sicuramente avviseranno che non siamo tornati dalla nera e quelli del soccorso conoscono molto bene questa zona. I rifugi saranno il primo posto in cui guarderanno», commenta Jake serenamente.

La sua calma mi fa incazzare ancora di più.

«Che cazzo mi sei venuto dietro a fare?», continuo a prendermela con lui.

«Quando ho visto che salivi, ho deciso di farlo visto che il tuo compagno è sceso; mi è stato piuttosto chiaro che saresti dovuta scendere anche tu, non ti avrei lasciata quassù da sola, è troppo pericoloso, conosco bene queste piste», spiega lui.

Non riesco a dire altro, sono esasperata dalla situazione surreale, Jake approfitta del mio silenzio e si inginocchia davanti a me e fa per afferrare uno dei miei scarponi.

Provo ad allontanare la gamba, ma il dolore me lo impedisce e mi scappa un lamento.

«Ellie, smettila di fare la cretina, potrebbe gonfiarsi a tal punto da rendermi impossibile sfilartelo, avanti, piantala», afferma duramente afferrandomi per la gamba e iniziando a togliermi lo scarpone.

Smetto di opporre resistenza perché purtroppo, ha ragione e soprattutto, non ce la farei comunque.

146

Mi lascio sfilare anche l'altro.

«La tuta», insiste lui.

«Non ci penso nemmeno», ribatto secca.

«Non fare l'idiota, sotto non sei certo nuda e devo controllare che sia tutto a posto, inoltre non posso fasciarti la caviglia con quest'affare addosso», fa presente avvicinando le mani e afferrando la linguetta della cerniera.

Alla fine, me l'abbassa delicatamente dalle spalle, poi con una mano mi solleva per il bacino e con l'altra me la toglie definitivamente fermandosi solo per fare passare delicatamente il piede.

Mi ritrovo con i leggings e un dolcevita leggero.

«Cosa sei, medico?», domando in modo provocatorio. «Ah, già, avrai una specializzazione in ginecologia, ormai», aggiungo.

Jake non raccoglie la mia provocazione e armeggia in una cassetta medica che ha preso in un'altra stanza.

Poi mi fascia in modo piuttosto stretto la caviglia, dopo prende del ghiaccio sintetico e ce lo mette sopra.

Subito dopo inizia a risalire lungo il mio corpo tastandomi e mi rendo subito conto che lo fa molto seriamente, non è una provocazione e non si sta prendendo gioco di me.

Lo fisso perplessa.

«Mi piacciono gli sport estremi, scendo di qui anche in snowboard, faccio arrampicate su parete, surf, motocross. Ho fatto dei corsi anche per sapere come cadere e ci hanno spiegato anche come riconoscere vari traumi», spiega mentre prosegue a controllarmi. «Per fortuna non hai nulla a parte la caviglia, poteva andare molto peggio», mi rassicura quando ha finito.

Dopo va nell'altra stanza e torna con un plaid che mi mette sopra.

«Riposati», dice per poi sparire in un'altra stanza a fare solo Dio sa cosa.

Sono estremamente confusa, non capisco come sia stato possibile ficcarmi in una situazione simile, ma soprattutto Jake mi sta turbando, troppo. Adesso sembra quasi il ragazzo che ho sempre conosciuto e non la persona orrenda con cui ho avuto a che fare in questi ultimi giorni.

Continuo a pensare e pensare, senza nemmeno accorgermene, cado nel sonno.

«Ellie...», mi sento scuotere delicatamente per un braccio.

Quando apro le palpebre e vedo il viso di Jake vicino al mio, penso quasi sia un sogno.

«Cosa? Quanto ho dormito?», domando subito.

«Un paio d'ore. Ho controllato i pensili e trovato qualcosa per fare da mangiare, non è granché ma meglio di niente. Ti ho svegliato perché è pronto», afferma indicandomi il tavolino sul quale ha posato alcuni piatti.

«C'era del purè liofilizzato che ho fatto con l'acqua e il latte in polvere e poi della carne in scatola, una specie di stufato, l'ho scaldato. Ho fatto quello potevo, farà schifo, ma almeno mangeremo», afferma indicando i piatti.

La mia confusione per la sua gentilezza e il modo in cui si

sta prendendo cura di me, aumenta di secondo in secondo, ma non posso fare a meno di ringraziarlo per quello che sta facendo. È vero che se fossi stata sola, sicuramente, sarei morta assiderata davanti a quel tronco.

Jake mi porge il piatto per non farmi alzare, poi si siede sul bordo del divano e inizia a mangiare in silenzio.

«È buono, dai», mento anche se non è vero per ringraziarlo per la sua gentilezza.

«Non è vero», ghigna, «fa schifo, è una delle cose più disgustose che abbia mai mangiato», dice Jake infilandosi un pezzo di stufato in bocca e facendo una faccia disgustata.

La sua espressione mi fa ridere, mi fa letteralmente piegare in due e, sinceramente, mi sembra di essere tornata indietro di due anni. Dopo qualche secondo, anche Jake inizia a ridere come un disperato, non riusciamo più a fermarci.

«Chissà che carne è», commenta, «magari sarà scoiattolo», dice fingendo di vomitare.

«Dai, Jake. Che schifo! Non riuscirò più a mandarne giù un pezzo», scuoto la testa per poi riprendere a ridere.

Quando riusciamo a fermarci, quasi senza respiro, qualcosa si spezza e restiamo immobili a fissarci. Sembra quasi che, pure lui, si sia reso conto in questo esatto istante delle emozioni che ho provato poco fa.

Abbasso lo sguardo imbarazzata.

«Spero solo che Sam non si preoccupi troppo per me, mi auguro che questa tempesta smetta presto», dico rimestando il cibo nel piatto.

«Non farlo, Ellie!», esclama Jake.

Sollevo lo sguardo verso di lui e vedo che sta appoggiando il piatto sul tavolino.

Si avvicina a me e prende anche il mio per poggiarlo alle sue spalle, poi si volta di nuovo verso di me e mi prende le mani tra le sue scatenandomi l'istinto di ritrarle.

Ho paura.

Il mio cuore batte troppo forte.

Il mio respiro sembra mancare.

Il mondo pare essersi fermato.

Probabilmente ho anche le pupille dilatate.

Jake che ha previsto il mio gesto, però, le tiene saldamente.

«Non farlo, Ellie», ripete in un sussurro.

«Esattamente cosa?», domando cercando di non strozzarmi con le parole.

«Non cercare di fuggire dal momento tirando fuori Sam», afferma lui guardandomi negli occhi.

«Ma di che momento stai parlando? Io sono impegnata e tu... be' tu hai i tuoi divertimenti», dico con il tono più disgustato che mi riesce.

«Ellie... Non è così e lo sai», ribatte.

«Piantala, Jake...», inizio, ma lui mi interrompe subito.

«È vero, sono stato io a farti assumere ed era già mia intenzione provocarti. È vero, sono stato io a farti togliere la sveglia per fare in modo ci trovassi a scopare al tuo arrivo e, sempre io, mi sono fatto avvisare per sapere quando fossi scesa. Ho svegliato le ragazze per raggiungerti in piscina e dare il via a quella scena. Anche oggi mi sono fatto dire dove saresti andata e volevo darti il tormento sulle piste. Ammetto tutto», dice guardandomi negli occhi.

«Be', complimenti, piano riuscito», replico secca.

«Cazzo, Ellie, ma non capisci? Io mi volevo vendicare di te, di come mi hai fatto sentire. Quel mattino, quando mi sono svegliato e tu non c'eri, mi sono sentito spazzatura, mi sono sentito come qualcuno che non reputavi degno di te. Quando ho scoperto che stavi con quel tizio, poi, mi sono incazzato a morte. Ma non ci arrivi?», domanda passandosi le dita tra i capelli.

Lo guardo sconcertata.

«Ellie, cazzo... Io ti amo, ti amo ancora. Non ho smesso di volerti un giorno, voglio te, cazzo! Ieri, quando te ne sei andata dalla mia stanza, mi sono leccato le dita ricoperte dei tuoi umori e dopo, non contento, mi sono masturbato all'idea di leccarti di nuovo la fica», dice procurarmi un brivido che mi risale dallo stomaco dritto in gola al solo pensiero.

Senza preavviso, Jake mi prende il volto tra le mani e mi bacia.

Non delicatamente, no.

Jake è tutto tranne che delicato, mi apre le labbra e mi caccia la lingua in gola.

Mi sta praticamente scopando la bocca con questo bacio e io, dannazione a me, non oppongo la minima resistenza. Lo lascio affondarmi tra le labbra, gli permetto di divorarmi e gli intreccio le dita tra i capelli.

«Cazzo, non è cambiato niente, Ellie», dice scostandosi dalle mie labbra.

«Io... Jake... non posso», tento di sfuggirgli ora che si è fermato.

«Non puoi cosa? Essere felice? Preferisci vivere una finzione che stare con me solo perché sono più giovane di te? Preferisci negarti l'amore per paura del giudizio di qualcuno? Per come ci guarderebbero per strada? Che cazzo te ne frega, Ellie?», mi blocca il volto tenendolo saldamente tra le mani.

Non riesco a parlare perché ha dannatamente ragione, perché non ho lasciato passare un solo giorno senza tornare con il pensiero a lui, a quella notte, al suo corpo, ai suoi baci, al sesso con lui, ma soprattutto a come mi sia sempre sentita me stessa insieme a lui.

Senza bisogno di fingere, senza necessità di recitare la parte della composta quarantenne per forza, senza provare a nascondermi.

E, allora, cedo.

Mi sporgo verso di lui per prima e il bacio riprende da dove si è interrotto.

Non fermo Jake quando mi afferra il dolcevita per l'orlo e me lo fa passare via dalla testa, non lo blocco quando, con impazienza mi strappa quasi via i leggings, anzi: faccio altrettanto con lui. Quando restiamo con la sola biancheria indosso premo il mio corpo contro il suo, sento la sua pelle addosso e le sue mani che mi cingono per la schiena, come anche la sua erezione che preme nei boxer.

Per prima, stavolta, allungo una mano su di lui stringendoli il membro gonfio attraverso la stoffa leggera e strappandogli un ringhio sommesso.

F ino a qualche ora fa, non avrei creduto tutto questo possibile, eppure Ellie mi sta accarezzando e, quando infila la mano sotto i boxer e me lo afferra stringendoci le dita attorno, me li sfilo del tutto per darle più libertà di accesso.

La sua mano continua a scorrere lungo il mio cazzo che è sempre più duro e, senza alcuna esitazione, le slaccio il gancio del reggiseno liberando finalmente le sue fantastiche tette.

Gliele stringo entrambe quasi con rabbia, poi mi prendo cura dei suoi capezzoli scuri tirandole le punte turgide all'inverosimile mentre lei prosegue a stringermi l'erezione sempre più forte e più veloce.

Si allunga verso di me e la sua lingua mi scorre sulla cappella provocandomi quasi un orgasmo istantaneo solo vedendola fare una cosa simile, le sue labbra che si schiudono mi fanno impazzire e sentirla farselo affondare in gola è la pietra tombale della mia sanità mentale.

La spingo indietro verso lo schienale del divano sovrastandola e afferrandole i seni ce lo sbatto in mezzo tenendole strette e massaggiandole i capezzoli nel mentre. Ellie geme, poi abbassa la testa dandosi da fare con la mia cappella mentre mi strofino tra i suoi seni enormi.

La sua lingua non si perde un solo millimetro e, quando capisce che sto per venire, si sporge ancora di più facendomi affondare completamente nella sua bocca e succhiando avidamente ingoia tutto.

«Cazzo, Ellie...», riesco solo a dire ansimando.

Lei si lecca le labbra e nei suoi occhi c'è una luce che non ho visto nemmeno la volta precedente.

Le sue mani si abbassano e si sfila le mutandine, tira su la gamba sana allargandola e, allora, l'aiuto con l'altra facendo lo stesso.

Sarebbe impossibile resistere a un invito del genere.

La bacio, faccio ruotare la mia lingua attorno alla sua, poi scendo leccandole il collo e mi fermo dedicandomi ancora alle sue tette succhiandole così a lungo che temo quasi di consumargliele, dopo scendo con la lingua lungo il suo stomaco, il suo ombelico, fino ad arrivare alla sua bellissima fica completamente glabra.

Le divarico per bene le labbra, il suo clitoride sporge invitandomi, rosso e turgido.

«Cosa vuoi, Ellie», le chiedo baciandola delicatamente lungo le labbra e facendola gemere.

Ellie allunga le mani e mi tira i capelli cercando di spostarmi il viso, ma non mi basta.

«Dimmi cosa vuoi, dolce Ellie?», domando di nuovo per poi penetrarla con la lingua assaporando ancora il suo sapore delizioso.

«Ho bisogno di venire, ti prego», mi supplica alla fine.

Allora torno a dedicarmi a quella succulenta ciliegia rossa, la prendo tra le labbra, la succhio e poi la lecco, la divoro e la lecco ancora, così rapidamente che quasi non sento più la lingua.

Il suo odore mi fa impazzire, come anche i suoi ansiti, il suo sguardo fisso su cosa le sto facendo e le sue piccole mani delicate che mi tengono la testa saldamente ancorata alla sua fica incredibilmente aperta.

«Vieni sulla mia bocca, Ellie», sussurro fermandomi un secondo riprendendo poi immediatamente a leccarla scopandola con le dita.

Ed Ellie viene e grida, diventa selvaggia come non l'ho mai vista.

«Ti voglio dentro, ora. Sfondami, Jake», sospira con lo sguardo annebbiato dall'orgasmo.

Non ho bisogno di farmelo ripetere e mi infilo dentro di lei in un unico colpo forte e ben assestato.

«Cazzo, la tua fantastica fica stretta, finalmente», dico entrando e uscendo lentamente un paio di volte.

Ogni volta che mi ritraggo, Ellie si inarca quasi implorandomi di non staccarmi da lei.

«Più forte», ansima piantandomi le unghie nella schiena.

«Ellie, cazzo, durerò due secondi», cerco di rallentare.

«Siamo qui, da soli, abbiamo tempo per continuare. Fammi sentire quanto mi hai desiderato», non molla lei.

Le sue parole sono come benzina sul fuoco perché perdo completamente il controllo e, afferrandola per il sedere, la impalo con forza tale che ho quasi paura di sfondarla per davvero.

La sbatto con ferocia, quasi con rabbia ed Ellie lo sente.

«Dai, puniscimi, fammi sentire quanto ti sono mancata», mi fa andare fuori di testa.

La prendo per i capelli facendo in modo di voltarla e poi la sbatto da dietro afferrandole le tette e le vengo dentro con una furia tale da perdere persino il respiro.

CAPITOLO 13

E d è quasi peggio della tempesta che imperversa fuori dalla finestra.

Io e Jake andiamo avanti per ore, per un tempo che sembra infinito e ci riusciamo a fermare solo quando crolliamo addormentati.

Il mattino dopo, mi sveglia un raggio di sole che mi rimbalza in faccia dalla finestra, la neve deve aver smesso di cadere.

Anche Jake apre gli occhi stirandosi e allungando il suo magnifico corpo tatuato e muscoloso.

«Ha smesso», osserva voltandosi verso di me.

So cosa c'è in questo sguardo e in questa semplice affermazione.

«Jake...», inizio.

«No, Ellie. Prima di dire qualsiasi cosa, ascoltami. Non puoi scappare ancora, né fingere che tutto questo non ti tocchi. Io non riesco a dimenticarti e nemmeno tu ce la fai. Io voglio viverla questa cosa», afferma sfiorandomi una spalla.

«Ti sembrerà incredibile, ma sono d'accordo con te. Ho paura, una paura fottuta, ma non posso nuovamente rinunciare a te e nemmeno illudere Sam. Volevo dirti un'altra cosa», rispondo abbassando lo sguardo.

«Che cosa?», domanda lui.

«Dobbiamo tornare giù, o forse arriverà qualcuno, chissà, ma ti chiedo di pazientare e darmi il tempo di tornare in albergo e parlare dignitosamente con Sam. Non posso uscire di qui mano nella mano con te o sputtanarlo pubblicamente. Stiamo insieme da quasi due anni e, per quanto io abbia sbagliato a rinunciare a te e cercare un ripiego, sono stata io a commettere un errore. Sam non è come Harry, non è cattivo e non è violento. È una brava persona, non lo amo e non ho mai provato ciò che sento per te, ma non certo per colpa sua», spiego sperando che Jake non si arrabbi.

«Certo, questo lo capisco, è normale. Solo spero che una volta che saremo fuori di qui, non rimanderai per poi sparire», accetta lanciandomi uno sguardo penetrante.

«Non lo farò, Jake. Stavolta non posso», rispondo mantenendo lo sguardo nel suo.

«Va bene. Vestiamoci. Uscirò cercando di risalire un minimo per vedere se mi prende il telefono in modo da allertare qualcuno. La gamba come sta?», domanda poi sollevando la coperta.

«Va meglio, non fa più male», rispondo sorridente. «Deve essere stata solo la botta, non credo di essermi rotta o storta nulla», indico la caviglia nettamente più sgonfia.

«Bene, cerca comunque di non sforzarti e fatti vedere in ospedale quando torniamo alla civiltà», risponde Jake iniziando a rivestirsi.

Appena finisce dà una mano anche a me e mi fa infilare anche la tuta da sci.

Il camino, durante la notte, si è spento e la piccola baita è di nuovo fredda.

Non facciamo in tempo a finire che sentiamo un rimestio dietro la porta, poi si apre.

«Ellie, sei qui!», esclama Sam correndomi incontro e abbracciandomi.

Mi irrigidisco tra le sue braccia e sento lo sguardo di Jake che mi trapassa la schiena.

«Andiamo giù, ho bisogno di parlare con te», dico a voce abbastanza alta perché Jake mi senta.

Non voglio creda che ho già cambiato idea.

«Va bene, ma prima ti farò visitare. Ieri hai proprio fatto una delle tue», commenta Sam scuotendo la testa.

I soccorritori mi caricano su una motoslitta e scendiamo a valle.

In ospedale, come avevo previsto, nonostante mi facciano una lastra per sicurezza, dicono che è tutto a posto e che ho solo preso una bella botta.

Sam insiste per andare a pranzo prima di tornare in hotel, ma quando si accorge che non riesco a mangiare nulla capisce che c'è davvero qualcosa che non va.

«Cosa succede, Ellie?», domanda quando saliamo in macchina.

«Come ti ho anticipato, ti devo parlare, ma preferisco che siamo in camera», replico concisa.

«Va bene, andiamo», accetta finalmente Sam.

Quando arriviamo in camera, l'atmosfera è tesa.

Sam deve aver compreso che non ho buone notizie da dargli e, anche se non mi fa pressioni perché io parli, sento di dover andare dritta al punto.

«Sono mortificata, Sam, ma credo che sia meglio separare le nostre strade», dico diretta.

«Avevo immaginato avessi in testa qualcosa di simile. È per quel ragazzo biondo, vero? Jake, giusto?», domanda immediatamente.

Annuisco, non potrei fare altrimenti.

«Sei cambiata appena siamo arrivati qui, ne sei rimasta attratta durante il servizio e ci sei finita a letto stanotte? È questo?», domanda ancora.

Sto per rispondere, ma riprende a parlare.

«Senti, non posso dire di esserne felice, ma siamo adulti e non è il primo amore. Una sbandata per un ragazzo così bello può capitare, ma se è solo per questa notte di sesso, fa lo stesso, posso anche passarci sopra», risponde Sam facendomi sentire ancora più male.

«No, Sam. Non è solo quello. Io amo Jake», confesso subito.

«Ma come lo ami? Ma lo conosci da tre giorni sì e no», ribatte Jake confuso.

«No, forse non lo hai riconosciuto o non ci hai fatto caso, ma Jake è il modello della foto che ha vinto il concorso molti anni fa. Non è la prima volta che stiamo insieme, sono io che sono scappata, sono stata una codarda, era troppo giovane per me e non me la sono sentita», inizio a spiegare cercando di essere il più sincera possibile e non tralasciando nulla.

«Dovrei essere incazzato a morte, Ellie. Mi hai usato come ripiego per tutti questi anni», osserva Sam.

«Ne avresti tutte le ragioni, ma posso dire di non averlo fatto intenzionalmente. Io non ho mai pensato esplicitamente a te in quei termini. Sei una bella persona e mi piaceva passare del tempo con te, ma quello che sento per Jake va oltre. Ho provato a reprimerlo, a fingere che non esistesse, a dirmi che è sbagliato. Sono scappata. La prima volta che siamo stati insieme, sono fuggita la mattina mentre lui ancora dormiva, l'ho tagliato fuori dalla mia vita, l'ho trattato quasi come spazzatura, eppure quello che c'era allora è ancora vivo», ammetto sinceramente.

«Be', posso presumere sia meglio la verità, che vivere nella menzogna e ti ringrazio di essere stata onesta con me. Avresti potuto semplicemente dirmi che non mi ami più», commenta Sam.

«Avrei potuto, è vero, ma non sarebbe stato giusto. Se non ha funzionato è solo colpa mia, ho sempre amato un altro anche se credevo di essermi lasciata tutto alle spalle».

Non diciamo più molto, non c'è altro da aggiungere e, poco dopo, Sam prende la sua valigia e va via per tornare a Londra.

So ono quasi le cinque del pomeriggio e lo so che non dovrei pensare compulsivamente a Ellie e domandarmi ogni cinque minuti se, davvero, farà ciò che ha promesso, ma non riesco a farne a meno.

Quando il suo compagno l'ha abbracciata, sono stato sul punto di levarglielo di dosso, ma le avevo promesso discrezione davanti a tutti e il tempo di parlare con lui e mi sono ben guardato dal fare altrimenti.

Mi è sembrata onesta e ho voluto crederle, ma più passano

le ore, più temo che lei cambi idea e decida di nuovo di scappare.

Liberarmi delle due assatanate è stato semplice, gli scatti che mancano sono solo miei, loro rimangono per la festa di sabato.

Ho detto semplicemente loro che mi sono stancato.

Non è che fossero le mie fidanzate o dovessi loro qualcosa e, d'altra parte, quando ti scopi senza impegno due donne insieme anche loro dovrebbero sapere che più che sesso non è.

Non l'hanno presa particolarmente bene, ma si sono levate dalle palle e tanto mi basta.

Quando alle sei un bussare sommesso mi riscuote, ho quasi paura di entusiasmarmi troppo.

Mi alzo, con due falcate e arrivo alla porta aprendola e mi ritrovo davanti Ellie.

Senza nemmeno darle il tempo di parlare, la tiro dentro per un braccio incollando la bocca sulla sua.

Ellie, piccola e formosa, che a malapena mi arriva alla spalla, che ha più di dieci anni più di me, Ellie che non crede di essere abbastanza bella per me, Ellie che è scappata, adesso è qui.

«L'ho fatto, Sam è andato via», mi dice quando la lascio respirare.

«Sei mia», le dico mordendole il collo.

«Sono tua», risponde.

È tutto quello che mi serve sapere.

LUNA COLE

CAPITOLO 14

M i manca il respiro.

Non è per l'abito, non mi sto chiedendo se sia adeguato alla sera di gala per festeggiare la conclusione del servizio e il lancio della campagna pubblicitari di Salvani; è perché stasera, io e Jake, parteciperemo alla festa insieme, come coppia e, per la prima volta, sarò esposta agli sguardi degli altri insieme a lui e non so se sono pronta.

Ieri, agli scatti in cui c'era solo lui, le due tizie non si sono presentate e ho tirato un sospiro di sollievo, ma so che stasera ci saranno e so anche che scopriranno come mai Jake le ha scaricate.

Per una vecchia, una che non è nemmeno più bella o famosa di loro.

«Sei bellissima», commenta Jake quando esco dal bagno.

«Anche tu», rispondo.

Ed è vero, almeno nel suo caso.

Con uno smoking su misura, Jake incarna la perfezione più pura.

È letteralmente da togliere il fiato, da mozzare il respiro.

Il suo corpo agile e possente è fasciato da quella stoffa pregiata e gli conferisce un'eleganza quasi sovrannaturale.

Quando entriamo in ascensore, mi prende la mano.

«Ellie, noi stiamo insieme, ok? Non abbiamo un cazzo di cui vergognarci. Io amo te, tu ami me. Fine dei discorsi», dice stringendola tra le sue e chinandosi a baciarmi.

Quando usciamo nella hall, mentre ci dirigiamo verso la sala della festa, per quanto ne dica lui io sento i primi sguardi che ci seguono.

Entrare nella stanza e vedere tutta la gente che c'è, mi stordisce, ancora di più la moltitudine di persone che lo riconosce e si avvicina per salutarlo mentre lui continua a tenermi per mano e mi presenta come la sua fidanzata.

Nessuno osa dire nulla, ma i loro occhi parlano chiaramente.

Ciononostante, tengo duro.

Sapevo che sarebbe stato così, che mai avremmo avuto l'approvazione delle persone, che forse ci vorranno anni perché la gente lo accetti, ma fa lo stesso, lui è mio.

Non vale forse la pena patire queste occhiate maligne se

poi posso avere per me la persona che amo?

Credo di sì.

Durante la cena, Jake non perde occasione per dimostrare il suo possesso.

La sua mano è quasi sempre posata sullo schienale della mia sedia e, a ogni occasione, la sua bocca cerca la mia per un bacio.

È dopo che, per me, inizia il peggio.

Incontro una collega fotografa che avevo conosciuto a un altro servizio di moda minore, non fa commenti su me o Jake, parliamo solo di lavoro, poi si allontana.

Quando la saluto, mi sposto per raggiungere Jake che è andato al bar a prendere da bere per entrambi e passo davanti a una saletta laterale.

Dentro ci sono le due ragazze che si scopavano Jake, più altre due che non conosco.

«Fa schifo!», sento sibilare una delle due.

Non riesco ad andare avanti, mi fermo ad ascoltare di cosa stanno parlando senza essere vista.

«Ecco perché ci ha messe alla porta, per quella. Pare sua mamma», dice l'altra.

«Ma davvero Jake Harp sta con quella? Non è che gli è solo venuta la fantasia di trombarsi una vecchiaccia e vuole togliersi il capriccio facendoglielo un po' credere?», domanda una delle tizie che non avevo mai visto.

«No, stanno insieme. Si conoscevano già da prima, di questo sono sicura», dice una delle due del servizio.

«Da vomito. Ci sarà sicuramente un motivo. Sarà piena di soldi e lui, probabilmente, sapendo che intorno ai trentacinque anni la carriera di modello va in calo, avrà pensato di sistemarsi», dice l'altra.

«Ma che cazzo dici. Jake ha ventotto anni ed è all'apice, guadagna una fortuna. Un sacrificio simile lo fai quando sai che sei quasi al capolinea», commenta una delle nuove.

«Ed è l'unica cosa sensata che ho sentito in questa conversazione, a parte la cazzata relativa al sacrificio», commenta improvvisamente Jake che era in ascolto.

Non l'ho nemmeno notato avvicinarsi.

Le quattro tizie si voltano di scatto.

«Katy», inizia Jake rivolgendosi a una di quelle che era con lui i giorni scorsi, quella che ipotizzava Jake stesse con me perché sono ricca, «sarai anche bella, ma quando ti escono certe cose di bocca sei davvero orrenda. Pensaci in futuro. Per quanto concerne me ed Ellie, quello che c'è tra noi, non vi riguarda. Noi ci amiamo, anzi sono io che sono innamorato perso di lei e, nei giorni scorsi, vi ho solo usate perché lei stava con un altro e volevo farla impazzire di gelosia. Ora andatevene a fare in culo e sappiate che se solo una di voi osa ancora parlare di me e lei, o dice qualche stronzata a qualche giornale da due soldi, finirà nel dimenticatoio. Ho sufficiente fama e conoscenze da farvi smettere di lavorare anche domani», afferma guardandole con rabbia.

Nessuna di loro osa rispondere, rimangono a fissarci impietrite e Jake mi prende per mano portandomi via.

«Abbiamo già sprecato abbastanza tempo con questi

stronzi. Ora tocca a noi», mormora quando siamo distanti da orecchie indiscrete.

Senza salutare nessuno mi guida oltre le porte della sala fin verso l'ascensore e saliamo in camera sua.

Quando siamo soli mi sbottona il vestito e mi spinge sul letto, poi si piazza davanti a me iniziando a spogliarsi fino a restare completamente nudo.

Dopo sale sul letto e mi bacia e lo fa in modo totalmente diverso da come abbia mai fatto prima.

È un bacio gentile, delicato, un bacio pieno d'amore.

Le sue mani vagano sul mio corpo rimuovendo la biancheria poi è la volta della sua lingua.

Non tralascia un millimetro della mia pelle, non perde una sola zona erogena del mio corpo, mi eccita così tanto da farmi perdere la ragione fino a che non lo supplico.

Allora, finalmente, scivola dentro di me e lo fa piano, guardandomi negli occhi e prendendosi tutto.

«Ti amo, Ellie», dice iniziando a muoversi.

«Ti amo anche io», rispondo.

Poi le sue labbra sono sulle mie e non serve davvero altro.

Dopo la sera della festa, ho temuto Ellie volesse fuggire di nuovo, ma ha resistito.

Mi rendo conto che, per lei, non deve essere facile.

Le occhiate non piacciono nemmeno a me, ma gli istinti predominanti, per quanto mi riguarda, non sono di disagio o vergogna, come per lei, a me viene voglia di mettere le mani addosso a qualcuno e mi devo pure trattenere perché sono donne e non sarebbe molto carino, da parte mia, prendere una donna a sberle.

Non credevo arrivassero fino a certi punti, anche per questo motivo ho caldamente evitato di condividere in giro foto mie con lei.

Non voglio che qualche stupida oca inizi a scriverci sotto una fiotta di insulti e stronzate e che Ellie inizi a starci male.

Mi sono trasferito a Londra, direttamente a casa di Ellie, non avrebbe senso fare in continuazione Edimburgo – Londra e nemmeno rimandare o prenderci del tempo.

Ci amiamo da anni, senza che il sentimento sia mai venuto meno.

È ora di viverlo in pieno.

Ellie ha ripreso a fare foto, ma soprattutto a venderle.

Da un giorno all'altro le sono piovute addosso una marea di offerte e, adesso, siamo in Irlanda per alcuni scatti.

Sono felice qui insieme a lei, amo guardarla mentre scatta e fa ciò che ama, le si accende una luce magnetica nello sguardo, sembra luce stessa anche lei.

Di ritorno in albergo troviamo in camera una bottiglia di champagne, quando mi volto verso di lei perplesso, vedo che inizia a spogliarsi lentamente.

Il mio cazzo si indurisce nei pantaloni all'istante, faccio per avvicinarmi ma lei mi ferma.

«Sei mio?», domanda lasciando cadere il reggiseno a terra.

«Sì», ringhio quasi.

«Allora vai sul letto», ordina lei.

Non me lo faccio ripetere due volte e obbedisco.

Ellie si sfila anche le mutandine poi si avvicina a me.

«Questo è tutto quello che vedrai», sussurra contro il mio orecchio, poi prende una benda e mi copre gli occhi.

Subito dopo inizia a farmi impazzire.

Mi sbottona la camicia, me la sfila e inizia e leccare il mio tatuaggio che parte dal collo e scende lungo il corpo.

Mi porta alle labbra un bicchiere di champagne e, mentre

171

bevo, mi strofina un cubetto di ghiaccio sopra la chiusura dei pantaloni per poi stringermi il pacco da sopra i jeans.

«Vuoi uccidermi?», domando con voce strozzata.

Per tutta risposta mi strofina sull'addome la sua fica aperta e completamente bagnata.

Faccio per allungare una mano, ma me l'allontana.

«Ancora non puoi toccarmi», sussurra con tono malizioso.

Subito dopo riprende con la sua tortura e mi spoglia completamente.

La sua lingua percorre tutta la mia lunghezza, poi ridiscende fino all'attaccatura per poi risalire. Subito dopo risale sopra, lo afferra e inizia a strofinarsi il glande sul clitoride.

«Cazzo, devo vedere», impreco tra i denti.

«No, se ti togli la benda mi fermerò», mi minaccia lei continuando.

Se lo strofina addosso sempre più velocemente e, quando inizia a gemere capisco che è venuta, subito dopo inarca i fianchi e mi fa sprofondare nella sua calda e bollente fica.

«Ora puoi toccarmi», dice.

«Era ora», ribatto afferrandola per la vita e premendola su di me con impazienza.

Ellie prende ad alzarsi e abbassarsi sempre più velocemente, mi pare di affondare in un guanto di lava e quando le contrazioni del suo secondo orgasmo mi strizzano dentro di lei, vengo anche io.

«Dovresti farlo tutte le sere», dico quando si china a baciarmi e mi sbenda.

«E che sorpresa sarebbe?», scuote la testa ridacchiando.

«Ogni volta che ti sto dentro è una sorpresa», rispondo baciandola e cominciando a toccarla ovunque.

L'idillio è interrotto dal suono del telefono e rispondo solo perché vedo che si tratta di mia madre.

«Jake, come stai?», domanda lei appena rispondo.

«Bene, mamma, e tu?», chiedo.

«Ottimamente. Ti ho chiamato per dirti che domenica festeggerò i cinquant'anni e che sarei molto felice che tu ci fossi, sempre se i tuoi impegni di lavoro te lo permetteranno», spiega il motivo della sua chiamata.

«Non mi perderei i tuoi cinquanta per niente al mondo!», esclamo. «Prepara un posto in più, non sarò solo», aggiungo poi.

«Non mi dire che finalmente ti sei innamorato?», domanda subito mia madre.

«Ebbene sì, finalmente mi sono innamorato e alla tua festa di compleanno porterò anche la mia fidanzata. La troverai deliziosa», rispondo subito dopo.

«D'accordo, a domenica Jake», mi saluta mia madre.

Quando mi volto verso Ellie, lei mi fissa a occhi sbarrati.

«Cosa c'è?», indago accarezzandole il viso.

«Io... Sei sicuro sia una buona idea?», domanda abbassando lo sguardo.

«Stiamo parlando della mia famiglia, Ellie, non di ridicoli pezzi di merda del mondo della moda, ok? Mia madre mi ama e amerà anche te», la rassicuro baciandola delicatamente.

«Mi devi aiutare a scegliere un regalo», si scioglie lei.

«Certo, lo faremo. Adesso apri le gambe più che puoi perché voglio il mio di regalo, quello di prima è stato l'antipasto», rispondo spostandomi sopra di lei.

Ellie mi sorride, poi spalanca le gambe più che può.

Mi piace guardarla e vedere quanto è bagnata per me.

Mi chino su di lei per leccarla tutta divaricandole per bene le labbra, poi le succhio il clitoride forte, proprio come piace a lei.

Ellie urla e il suo corpo s'inarca contro la mia faccia mentre con le dita la penetro sia davanti sia dietro.

«Oddio, Jake», ansima quando scopo il suo fantastico culo con tre dita.

Le sue mani mi artigliano per i capelli e si bagna sempre di più fino a quando non viene urlando e dimenandosi.

«Adesso girati», ordino sollevandomi dal suo corpo ancora scosso dal tremito post-orgasmo.

Ellie mi obbedisce e la giro in modo che sporga con i piedi fuori dal letto, poi mi alzo in piedi mettendomi dietro di lei.

«Ho una gran voglia di prenderti dietro», dico mordendole il sedere.

«Allora fallo», spinge in fuori il sedere strofinandomelo addosso.

«Abbassati», la spingo per la schiena fino a farle poggiare i seni sul materasso.

Ellie obbedisce e il suo bel culo tondo si solleva per me, le divarico un po' le ginocchia, poi mi abbasso su di lei e le passo la lingua risalendo dalle sue labbra sature dei suoi umori, fino al suo sedere stretto.

Ellie pare gradire avere la mia lingua anche lì perché inizia a dimenarsi e gemere.

Quando è abbastanza lubrificata inizio a spingermi dentro di lei e la sento allargarsi.

«Com'è grosso, mi fa male anche stavolta», geme mentre lo prende tutto.

Infilo la mano sotto il suo corpo iniziando a stuzzicarle il clitoride e pompo dentro di lei lentamente.

Ellie, poco per volta si rilassa e inizia a godere e basta dimenticandosi del dolore, ma io non ho ancora finito con lei.

«E se ti dicessi che avevo una sorpresa anche io», domando uscendo dal suo sedere e scostandomi un poco.

«Cosa?», indaga lei.

«Una grossa sorpresa», affermo aprendo il cassetto del comodino.

Ellie si lecca le labbra e mi guarda.

«Ti piacerà», le sorrido maliziosamente mostrandole il grosso vibratore che ho comprato.

«Cosa vuoi farci?», domanda lei.

Ma non ha tempo di andare avanti perché le infilo il grosso fallo nella fica bagnatissima e, subito dopo entro di nuovo tra le sue chiappe strette.

«Ora vedrai quanto godi bambina», le dico iniziando a scoparle il culo più forte.

Allungo le mani sotto di lei e, riprendendo a stuzzicarle il clitoride, inizio anche a muovere il fallo di gomma dentro e fuori dalla sua fica.

«Jake», inizia a chiamarmi mentre la sbatto sempre più forte.

«Godi piccola, fammi sentire quanto ti piace», le ordino.

Ellie prende il volo.

Urla e si contrae tutta intorno al mio uccello, me lo strizza così forte nel suo sedere che, un secondo dopo, vengo anche io.

Cadiamo sul letto ansanti e sudati e le nostre labbra si trovano subito unendosi.

«Ti amo così tanto che, a volte, mi fa paura», dice Ellie facendomi scorrere la mano sui pettorali.

«Non avere paura, non potrei più vivere senza le tue tette», rispondo chinandomi a baciarle prima un seno poi l'altro.

«Sei un idiota», replica dandomi una sberla scherzosa.

«E tu l'amore della mia vita», rispondo io risalendo lungo il collo con la lingua per poi baciarla.

E così, stretti uno all'altra, cadiamo nel sonno.

CAPITOLO 15

Siamo scesi dall'aereo alle nove e mezzo e subito dopo abbiamo noleggiato una macchina.

La famiglia di Jake non abita a Edimburgo, stanno nelle campagne scozzesi ed è tutto stupendo qui.

Più ci addentriamo e più il paesaggio mi incanta.

Fa ancora molto freddo ed è tutto ricoperto di neve.

«Sei cresciuto qui?», domando mentre Jake guida sorridente.

«Sì, amo tornarci», risponde annuendo.

«È davvero bellissimo», dico estasiata.

Mi guardo intorno, ammiro la neve che ricopre ogni cosa e mi sembra quasi di essere in una fiaba, sono così sovrappensiero che quando la macchina sbanda un istante mi schizza il cuore nel petto.

«Oh porco cazzo!», mormora Jake riprendendola quasi subito.

«Cosa è stato?», domando preoccupata.

«Un lastrone di ghiaccio, piccola. Non vengo da troppo tempo qui d'inverno e non sono più abitato. Una volta avrei potuto guidare per questa strada a occhi chiusi, sapevo a memoria ogni curva e conoscevo ogni posto in cui si formavano più spesso gli strati di ghiaccio, ma ormai non vengo più così spesso», spiega Jake continuando a guidare con lo sguardo molto concentrato sulla strada.

Procediamo tranquilli e, man mano che ci avviciniamo, sono sempre più emozionata e confusa.

Il pensiero di conoscere la famiglia di Jake mi spaventa parecchio.

Per quanto lui ne dica, non so cosa aspettarmi.

È vero che non mi troverò davanti un'orda di ragazze invidiose che lo vogliono, ma è anche vero che, probabilmente, sua madre sarà la donna con più aspettative al mondo per quanto riguarda la compagna di suo figlio.

Tuttavia, metto le mie ansie da parte perché so quanto lui ci tiene, quanto sia felice al pensiero e non voglio angosciarlo con le mie ansie esagerate.

Quando arriviamo davanti a una bellissima casa bianca dal giardino innevato, Jake si ferma.

Ci siamo.

Solo bussando alla porta mi rendo conto di quanto facoltosa sia la famiglia di Jake visto che viene ad aprirci una cameriera.

La donna ci accompagna verso un salotto dove c'è la famiglia di Jake, vedo diverse teste che si voltano verso di noi e, subito dopo, un'esile donna bionda molto di classe si alza correndo nella nostra direzione, deve essere sua madre.

«Sei sempre più bello», abbraccia il figlio.

«Lei è Ellie, mamma», mi presenta alla donna.

«Piacere», mi stringe la mano quasi distrattamente.

«Vado a prendere la sorpresa», dice Jake dopo averla abbracciata ancora.

Abbiamo lasciato i regali in macchina scordandoceli, spero che alla signora Harp piaccia il pensiero che ho scelto per lei.

«È stato lungo il viaggio?», mi domanda la madre di Jake.

«Un pochino a causa della neve, ma è stato molto piacevole», sorrido esitante. «Il panorama è bellissimo», aggiungo.

«Oh sì, deve vedere d'estate, quando tutto è verde», risponde la donna indicando fuori dalla finestra. «Non deve essere facile essere presentata alla famiglia in una giornata importante come il compleanno della mamma», scherza la donna.

Mi sento incredibilmente sollevata perché non mi aspettavo tanta comprensione.

«Non lo è per niente», scuoto la testa con un sorriso.

«Vedrà che andrà tutto bene», mi posa una mano sulla spalla. «Non vedo l'ora di conoscere sua figlia», aggiunge poi la donna gelandomi sul posto.

«Io non ho nessuna figlia», rispondo perplessa mentre Jake entra nella stanza con le borse urlando: «Sorpresa!».

La donna sgrana gli occhi, poi si volta verso il figlio e torna con lo sguardo su di me.

«Andiamo di là», dice indicando una porta.

Non capisco cosa stia accadendo mentre la seguiamo.

«Mamma non ti facevo imbarazzata all'idea di aprire i regali davanti agli altri», scherza Jake.

«Io pensavo fossi andato a prendere la tua ragazza in macchina e che fosse timida, ma lei mi ha detto di non avere alcuna figlia», mi indica la signora Harp.

«Ellie, non ha figli», risponde Jake sbattendo le palpebre, «è lei la mia ragazza», aggiunge poi.

La donna sgrana gli occhi poi mi fissa dall'alto in basso.

«Se è uno scherzo, è di cattivissimo gusto, Jake», commenta incrociando le braccia.

«Non è uno scherzo», indurisce la mascella lui.

«Questa donna, potrebbe essere tua madre», mi indica lei disgustata.

«Questa donna, è la persona che amo», precisa Jake.

«Quanti anni ha?», domanda la madre di Jake rivolgendosi a me.

«Quarantuno», rispondo sinceramente.

La donna si porta una mano sul petto.

«Nove meno di me!», esclama arrabbiata.

«Mamma, non mi pare il caso di farla tanto lunga, che problema hai?», chiede Jake portandosi le mani sui fianchi.

«Che problema ho? Mio figlio, che adoro, sta con una che ha tredici anni più di lui e mi chiedi che problema ho io? Ti rendi conto che è troppo vecchia per te? E lei, signora, non so che cavolo abbia in testa! Ma non si vergogna?», domanda girandosi verso di me.

Jake mi si posiziona davanti.

«Mamma, non ti permetto di parlare a Ellie in questo modo, hai capito?», dice con tono tagliente.

«Questa è casa mia e parlo come voglio a chi mi è sgradito qui dentro», replica lei puntando l'indice verso di me alla parola sgradito.

«Non mi aspettavo fossi così ignorante e superficiale», commenta Jake.

«Ignorante? A tua madre? È così che mi parli nel giorno del mio compleanno?», urla la signora Harp.

«Se mi offendi, sì», risponde Jake.

«Non la voglio alla mia tavola e non la voglio qui dentro, soprattutto nel giorno della mia festa. Fate queste porcate perverse lontane dai miei occhi. Ti aspetto a pranzo, da solo. Riportala in un albergo o dove cavolo vuoi», sibila la donna, poi dopo avermi lanciato uno sguardo carico d'odio, prende la porta e se ne va.

«Ellie, ascoltami, non vuol dire niente, hai capito?», mi posa le mani sulle spalle Jake.

«Non dovresti farla arrabbiare così, ha ragione, questa è

LUNA COLE

casa sua», preciso allargando le braccia.

«Sì, ma ciò non le dà il diritto di essere maleducata», replica lui arrabbiato. «Senti, aspettami qui. Adesso vado di là e le parlo. Vedrai che la smetterà di comportarsi da stupida», propone Jake sorridente.

A volte la sua ingenuità mi sorprende, sua madre non cambierà idea, mi pare abbastanza chiaro e non posso fare a meno di chiedermi cosa farei io se avessi una figlia di vent'anni e lei mi presentasse il suo fidanzato di trentanove, magari.

«Lascia perdere, è la sua festa. Io posso tornare indietro e fermarmi nella prima città a un hotel, tu stai qui e divertiti con loro, ci rivedremo all'aeroporto per partire», rifiuto sorridendogli in modo che stia tranquillo.

«Non se ne parla, se te ne vai tu, me ne vado pure io», si intestardisce lui.

«Jake», cerco di fermarlo posandogli una mano sul braccio.

«Jake, niente. Deve capire che se non vuol perdermi deve accettare anche te», dice lui deciso, poi senza darmi tempo di dire altro raggiunge i suoi nell'altra stanza lasciandomi sola.

"Lo sapevo che sarebbe finita così, ne ero certa", penso tra me guardandomi intorno.

Non desidero che Jake debba litigare con la sua famiglia o allontanarsi da loro e non voglio rovinare il compleanno a questa donna che, anche se è stata sgarbata con me, è pur sempre colei che ha messo al mondo l'uomo che amo.

Spaziando la stanza con lo sguardo, noto un'altra porta che non dà sul salone e mi dico che, forse, ho una via di uscita.

182

Aprendola mi rendo conto che conduce al corridoio dell'ingresso principale e tiro un sospiro di sollievo.

Prendo dalla borsa la mia agenda e strappo una pagina, poi scrivo un messaggio per Jake.

Non voglio causare problemi e rovinare il compleanno di tua mamma.

Vado in città in albergo, poi ti mando un messaggio per dirti dove sono.

Ti amo,

Ellie.

Subito dopo prendo la porta e mi dirigo verso l'uscita della casa.

L'aria fresca innevata mi sferza il viso.

Mi precipito verso la macchina e, per fortuna, Jake ha lasciato le chiavi nel cruscotto.

Salgo e metto in moto.

La macchina si accende rombando e, prima che Jake si renda conto di cosa sto facendo, ingrano la retromarcia, faccio inversione e mi allontano dalla lussuosa proprietà.

Da sola, all'interno dell'abitacolo, la tristezza mi assale.

Sarà sempre così, a nessuno piacerà mai l'idea che un uomo così giovane e bello stia con me.

Ed è vero che potrei essere sua madre, a tredici anni avrei potuto benissimo partorirlo.

Sembrare più giovane e sentirsi più giovane, non equivale a esserlo e chiunque ci guardi lo capisce subito.

Le lacrime mi annebbino la vista, ma per fortuna su questa strada di campagna non c'è quasi nessuno

Sono talmente presa dai miei drammi che mi scordo completamente di quello che è successo prima e pago la mia disattenzione.

Pendo in pieno a velocità sostenuta, in curva, il lastrone di ghiaccio che prima aveva fatto leggermente sbandare Jake, solo che io non sono abituata a nulla di simile e la cosa mi coglie completamente di sorpresa.

Tento di rimettere dritta la macchina, ma non c'è niente da fare, fa un testacoda sbandando, poi il guardraill si sfonda e precipito chiedendomi se morirò.

Non lo scopro, però, perché all'impatto perdo i sensi.

S to ancora litigando con mia madre quando sento rombare il motore.

Mi giro verso la finestra e mi accorgo che la jeep che abbiamo preso a noleggio sta facendo la retromarcia.

«Ellie», urlo avvicinandomi alla finestra come se mi potesse sentire.

Ovviamente non è così.

«Menomale, almeno lei non è stupida e ha capito», commenta mia madre.

«La stupida sei tu. Ma come fai a essere stata così insensibile e maleducata? Hai una vaga idea dei problemi che si è fatta Ellie quando le ho detto che te l'avrei presentata? Le avevo garantito che la mia famiglia mi amava e avrebbero amato anche lei, invece c'è mancato poco la prendessi a calci», le rinfaccio puntandole il dito sul petto.

«E credi che io, per il mio unico figlio, desideri una vecchia? Una che è più vicina alla mia età che non alla sua?», si arrabbia mia madre.

«Credo che dovresti solo desiderare che io sia felice, solo vicino a Ellie lo sono», affermo scuotendo la testa.

«Tra un paio di settimane troverai un'altra che sarà ben disposta a stare con te e più adatta. Che fine ha fatto quella bella ragazza di cui mettevi sempre le foto qualche anno fa ad esempio?», domanda mia madre.

«Proprio un bell'esempio. Liz era pazza e anoressica e di me non le fregava un cazzo, pensava solo a cercare di arrivare a trentanove chili e strappare il posto di primadonna alle colleghe. Non resterò qui un minuto di più», sibilo infuriato.

«Sei a piedi», fa un sorrisetto mia madre.

«Prenderò la macchina che usavo a diciotto anni, è ancora qui», affermo ammiccando verso la porta.

Mia madre mi corre dietro.

«È vecchia e malridotta, non puoi guidarla con tutta questa neve», urla.

«Farò il cazzo che voglio», me la scrollo di dosso correndo verso il garage.

La macchina, nonostante i segni del tempo, fortunatamente risponde e parte subito.

Mi metto immediatamente in viaggio nella speranza di raggiungere Ellie.

Corro in modo esagerato dato il tempo che c'è, ma non posso permetterle di allontanarsi da me, se glielo lascerò fare, adesso, Ellie scapperà per sempre.

Lo so, ci siamo già passati e lei è sempre stata terrorizzata dagli altri e dalle loro opinioni su di noi.

Rallento solo in prossimità del lastrone di ghiaccio che abbiamo incontrato all'andata e quello che vedo mi terrorizza.

Il guardrail è sfondato.

"Non può essere vero", mi dico.

E invece lo è.

Quando scendo dalla macchina e mi affaccio oltre il dislivello per guardare, vedo la nostra Jeep a noleggio sul fondo del crepaccio.

«Ellie!», urlo disperatamente, ma non mi arriva nessuna risposta.

Vorrei calarmi, ma so che rischio di uccidermi e non le sarei di nessun aiuto, quindi faccio l'unica cosa ragionevole, chiamo i soccorsi.

Il peggio è aspettare il loro arrivo e, dopo, attendere ancora che scendano per tirarla fuori dalla scatola accartocciata che è la jeep.

Il tormento più profondo è sentire salire in gola la domanda che voglio fare e non avere il coraggio di porla.

«È viva», mi informa uno dei paramedici.

Mi rendo conto che rilascio il respiro solo a quelle parole.

Poi è il delirio.

La corsa in ambulanza verso Edimburgo mi pare infinita e, quando si chiudono le porte della sala operatoria lasciandomi fuori, riesco solo a chiedermi se rivedrò ancora aperti gli occhi della donna che amo.

CAPITOLO 16

La luce bianca mi ferisce gli occhi che apro a fatica. Ho difficoltà a distinguere quello che mi circonda.

Mi sento la gola secca e brucia come se l'avessero raschiata con della carta vetro e ho una sete incredibile.

«Si è svegliata», afferma sorridente una donna in camice bianco.

«Io... cosa è successo?», domando e sono davvero confusa.

La dottoressa spiega di chiamarsi Mary Walker e mi racconta del mio incidente.

«Quel dannato lastrone di ghiaccio», commento.

La dottoressa Mary annuisce.

«Quanto tempo sono stata incosciente?», domando subito dopo.

«Quasi tre giorni», risponde la dottoressa, «ma l'abbiamo tenuta noi in coma farmacologico perché l'operazione è stata molto difficile e volevamo riposasse», aggiunge poi sorridendomi. «A livello celebrale sono certa non ci sia nulla che non vada. La tac non ha evidenziato niente e lei mi pare pienamente consapevole di sé», afferma incoraggiante.

«Ma c'è dell'altro, vero?», domando diretta.

Lei fa una faccia contrita.

«Me lo dica», la incoraggio a proseguire.

«Aveva la colonna vertebrale molto compromessa e si ritroverà innumerevoli cicatrici, purtroppo la situazione non era delle migliori e ha rischiato di morire, abbiamo fatto il possibile per salvarle la vita, ma le emorragie interne erano innumerevoli. Siamo stati costretti ad asportarle l'utero, non potrà avere figli», spiega la donna. «Inoltre non è detto che recuperi completamente l'uso delle gambe», mi dà la bastonata finale.

«Esiste una speranza?», domando affranta.

«Sì, minima, ma c'è. Dovrà fare moltissima fisioterapia e staremo a vedere come evolverà la situazione», spiega stringendomi un braccio.

«Mi aiuterete?», chiedo.

«Certo», annuisce. «Lei dovrà cercare di essere forte e non arrendersi, molte volte l'evoluzione di questo tipo di cose dipendono dal paziente e dalla sua forza d'animo», spiega ancora.

Non so cos'altro aggiungere, per cui resto in silenzio.

Il senso d'irrealtà mi sommerge.

Avrei dovuto festeggiare il compleanno della madre di Jake, invece sono finita in un fosso, non potrò avere figli e, forse, resterò invalida a vita.

Magari questa è la punizione per aver osato chiedere tanto, per aver assecondato il mio insano desiderio di stare con Jake.

La dottoressa, però, non ha ancora finito e mi riporta alla realtà.

«Temo che il personale abbia fatto un piccolo disastro», afferma storcendo la bocca.

«Cos'altro è successo?», domando chiedendomi cos'altro mai potrebbe esserci.

«Purtroppo, era incosciente e il personale, guardando nei suoi oggetti personali in borsa, ha rintracciato un'agenda dove come persona di riferimento era riportato il suo ex. Lo abbiamo chiamato», spiega dispiaciuta.

«Non fa niente, Sam è una brava persona, non se la sarà presa», minimizzo.

«Affatto, il problema è che è partito per venire fin qui e, in sala d'attesa si è verificato l'incidente. C'era anche il suo attuale fidanzato. Noi non avevamo idea, ci deve scusare. Sono rimasti entrambi», chiarisce la dottoressa.

«Jake è di là? Sa che sono sveglia?», domando sgranando gli occhi.

«Sì, sono in sala d'attesa entrambi, non si sono mossi nemmeno per cambiarsi o andare a dormire. Al momento so soltanto io che si è svegliata», conferma la donna.

Jake.

Il mio amore.

Bellissimo.

Giovane.

Meravigliosamente perfetto.

L'unica persona al mondo che mi renda felice.

Jake non merita questo.

È troppo giovane per vivere una cosa simile. Era già complesso prima, adesso...

Adesso non posso farlo stare con una donna che non può avere figli, negargli la paternità e, soprattutto, magari costringerlo a farmi da badante mentre sarò su una sedia a rotelle.

Non è giusto e conosco a sufficienza Jake per sapere che mi ama e che starebbe con me lo stesso, che quello che mi è successo lo farebbe sentire in colpa e non mi lascerebbe mai per un'altra che potrebbe davvero renderlo felice.

La verità è che non avevo mai pensato ad avere figli prima, ma forse con Jake li avrei desiderati.

Non mi fa tanto male il dolore di sapere che non sarò mai madre, quanto quello di sapere che non potrei mai rendere lui padre.

È come se mi avessero menomata, e se già mi sentivo inadeguata rispetto a lui, adesso non mi pare di essere nemmeno più appetibile sessualmente.

Stavolta non posso cedere al mio egoismo e a quello che

provo.

Non devo rivederlo.

Quello che scorre tra noi è un desiderio pericoloso, qualcosa a cui è impossibile sottrarsi e io lo voglio troppo per dire no.

«Faccia passare Sam, per favore», dico alla dottoressa.

So bene che già questo lo farà incazzare, ma devo allontanarlo.

«Come?», sgrana gli occhi la donna.

«Senta, mi aspetto che mi aiuti come ha detto. Ha visto bene Jake?», domando.

La donna non risponde, ma i suoi occhi mi confermano che ha capito benissimo cosa intendo.

«Non voglio che sprechi la sua vita con una donna sterile e probabilmente paralitica. Faccia in modo che non entri qui dentro e che stia lontano da me», affermo ben decisa a mettere la parola fine a quello che c'è tra noi.

«Se è quello che vuole», dice la dottoressa.

«L'unica cosa di cui mi importa, è che lui sia felice», rispondo ben decisa a non lasciare spazio per i dubbi.

La dottoressa Mary lascia la stanza e, per più di mezz'ora, non succede nulla.

Spero che Jake non faccia troppe scene e se ne vada.

Quando la porta si riapre ho quasi il terrore sia lui, ma è Sam.

«Ellie, Ellie... che cavolo stai combinando?», domanda

avvicinando la sedia al letto.

«Sono finita in un fosso», affermo facendo un debole sorriso.

«Non mi riferisco a questo e lo sai bene», afferma lui scuotendo la testa.

«Mi spiace che ti abbiano disturbato facendoti venire fino a qui. Ho dimenticato di cancellare il tuo nome nei numeri di riferimento dall'agenda», affermo dispiaciuta che lo abbiano fatto stare in ansia.

«Di quello non mi importa, ti voglio comunque bene ed ero preoccupato, Ellie. Solo non capisco cosa significhi quello che hai fatto adesso», è ancora più chiaro.

A questo punto non posso mentire e gli racconto tutto, a partire dalla lite con la madre di Jake fino ad arrivare alle conclusioni su di lui e sul fatto che non voglio sacrifichi la sua vita per me.

«Tu sei pazza. Ti sei già accorta che due anni non sono bastati a separarti da lui, pensi di riuscirci adesso?», domanda secco.

«Adesso devo riuscirci proprio perché so che lo amerò per sempre», rispondo decisa. «Non posso distruggere la sua vita così», affermo mentre una lacrima mi scivola lungo la guancia. «Non voglio approfittare di te e della tua gentilezza, Sam, ma devi farmi ancora un favore. Trovami un'altra casa in affitto a Londra, appena possibile ti darò i soldi. Non posso tornare dove abbiamo vissuto io e Jake, lui verrebbe. Non deve sapere dove trovarmi in nessun modo», lo imploro.

«Ellie, non chiedermi di aiutarti a distruggere la tua felicità», protesta Sam.

«Non potrò avere figli ed è quasi certo io resti a vita su una sedia a rotelle. Non posso condannarlo a farmi da infermiere. Jake non mi lascerebbe mai, anche per senso di colpa. Ha diritto a trovare una ragazza giovane e in salute», sono irremovibile.

Sam tenta di protestare ancora, ma alla fine si arrende e fa esattamente tutto quello che gli dico.

Sono passati due mesi e, ancora, non so che cazzo sia successo.

Un giorno prima io ed Ellie eravamo felici, il giorno dopo l'incubo.

L'incidente e poi il nulla assoluto.

Non so nemmeno come lei stia, non ho idea di quale sia la prognosi, né di cosa ne sia stato di lei.

Per due settimane di fila, ho tentato di infilarmi nella sua stanza, ma non ce l'ho mai fatta, sono sempre stato cacciato dall'ospedale prima di riuscire ad avvicinarmi a più di dieci metri, una volta hanno anche dovuto chiamare la sicurezza e, quando sono tornato la volta dopo, non sono nemmeno riuscito ad arrivare all'ascensore, mi hanno allontanato nemmeno fossi un terrorista.

Ho provato a tornare a casa nostra più volte, ma di Ellie non c'è traccia.

So per certo che è stata dimessa, ma non so dove sia finita.

È come scomparsa nel nulla.

Mi ha bloccato su qualsiasi account e il suo negozio è sempre chiuso.

Non ho idea di come fare a trovarla e il peggio è che non so perché sia scappata da me, mi dico che forse mi odia per quello che le è accaduto o che, magari, ci sono delle cose che non so, ma come l'altra volta lei ha scelto di escludermi per sempre, di bandirmi dalla sua esistenza e, dopo averla avuta al mio fianco, dopo che abbiamo vissuto insieme, è ancora peggio della prima volta.

Sono tornato a vivere a Edimburgo perché, a Londra, mi era impossibile camminare per le strade senza impazzire tentando di cercarla in ogni angolo.

Esco dal mio portone sovrappensiero e quasi sbatto addosso a un uomo che è appoggiato contro il muro.

«Jake», mi chiama lui attirando la mia attenzione.

Mi volto e mi ritrovo davanti Sam, l'ex di Ellie, quello che mi ha preferito e ha fatto entrare in stanza quando si è risvegliata.

Sto per dargli un pugno in faccia, cosa che avevo quasi già fatto in ospedale quando era arrivato mentre lei era incosciente, ma scelgo di fermarmi perché lui, forse, sa dov'è.

«Che cosa vuoi?», chiedo seccato.

«Voglio aiutare una persona a cui voglio molto bene che sta molto male», dice lui fissandomi.

«Non capisco davvero cosa intendi», lo guardo sospettoso.

«Ellie mi ha lasciato per te, perché ti ha sempre amato, anche mentre stava con me e, sempre perché ti ama, ti ha escluso dalla sua vita. Io l'ho aiutata perché me l'ha chiesto e non ho saputo rifiutarle il favore e, forse, anche perché ho sperato che standole vicino dopo l'incidente lei capisse che, in effetti, quella per te era stata un'infatuazione passeggera e che si riscoprisse innamorata di me che potevo essere il suo più caro amico e prendermi cura di lei, persino più adatto come età. Ma non accadrà mai. Lei ti ama e non proverà mai niente per qualcun altro. Ogni giorno vedo il suo dolore nella tua assenza e la sua testardaggine nel volerti tenere lontano da lei. Avrei dovuto farmi i fatti miei, forse, ma non merita di stare così male senza che tu sappia la verità», spiega convincendomi a starlo a sentire.

«Andiamo di sopra», lo invito dimenticando completamente l'impegno di lavoro per il quale ero appena uscito.

E così, finalmente, so tutto.

So perché Ellie mi ha escluso, so perché ha scelto di allontanarsi da me e so cosa le è successo.

Non so se essere felice o incazzato a morte.

Felice perché Sam mi ha confermato che lei mi ama ancora, incazzato a morte perché Ellie ha scelto anche per me e ha deciso di escludermi dalla sua vita al posto mio.

Ma capisco anche l'enorme altruismo che sta dietro la sua decisione e sento che non posso essere arrabbiato con lei, non davvero.

Amo troppo Ellie per perdermi dietro a queste cose, per mettere davanti l'orgoglio e sentirmi offeso dal fatto lei mi abbia tagliato fuori impedendomi di starle vicino.

Adesso c'è una sola cosa che posso fare, ed è quella giusta.

EPILOGO

Grosse lacrime salate mi bagnano le guance, non sono ancora riuscita ad alzarmi in piedi e, ormai, faccio riabilitazione da quelli che mi sembrano giorni eterni.

La dottoressa che mi segue è carina e competente, le sue parole sono sempre gentili e cerca in tutti i modi ti tirarmi su, ma le mie gambe proprio non ne vogliono sapere di compiere il miracolo.

Non vogliono muoversi, non ci pensano proprio a reggere il peso del mio corpo, è come vivere una sconfitta ogni giorno.

Non faccio altro che chiedermi se dovrò rinunciare anche all'unica cosa che io abbia mai amato oltre Jake: la fotografia.

«Ellie», sento una mano posarmisi gentilmente sulla

spalla.

È la dottoressa.

«Mi dica», la guardo asciugandomi gli occhi.

«Fino a che continuerai ad abbatterti così, le cose non cambieranno mai», afferma convinta.

«Non riesco a non stare male», rispondo con un sospiro.

«Ma tu stai male anche per altro, vero Ellie?», domanda gentilmente.

Scuoto la testa in segno di diniego.

«E invece sì. Vieni qui tutti i giorni, ma è quasi come se, davvero, non te ne importasse nulla. Lo vedo nel tuo sguardo spento, nella tua voce, nella tua rassegnazione», afferma convinta.

«Non è così», mento anche se so che ha ragione.

La verità, l'unica e sola, è che senza Jake nella mia vita ogni cosa ha perso sapore, ogni colore è sbiadito, la luce non mi scalda più e la vita non ha molto senso.

Ci ho messo un po' ad accettare che non potrò mai più avere un figlio, quando io Jake avevamo iniziato a frequentarci davvero, immaginavo un bambino con enormi occhi azzurri che mi veniva incontro, ma ce l'ho fatta a smettere di tormentarmi per quella creatura che non sarebbe mai nata.

Ci ho messo ancora un po' ad accettare l'idea che forse avrei passato l'eternità con il sedere poggiato su una carrozzina, ma poi mi sono detta che potevo anche subire di peggio, avrei potuto restare completamente paralizzata, oppure subire l'amputazione di qualche arto, uscirne totalmente sfregiata, invece sono tutta intera.

Le cicatrici sono orribili, ma restano sotto i vestiti e, se proprio non riuscissi più a guardarle, potrei fare una plastica, ma c'è una cosa sola che non guarirà nemmeno in cento anni, il dolore nel petto che provo per la mancanza di Jake.

«Credo proprio che da oggi starà meglio», arriva una voce alle mie spalle.

Una voce che conosco bene, benissimo, e che mi dico che è impossibile io la stia sentendo.

Jake.

«Bene, allora vi lascio», dice la dottoressa allontanandosi.

Io e Jake ci guardiamo in silenzio, quasi sfidandoci.

Non so come sia possibile lui sia qui, come abbia fatto a trovarmi e soprattutto non so cosa dire.

Jake si mette in ginocchio per allineare il volto alla mia altezza.

«Ellie, Ellie, Ellie... Lo hai fatto di nuovo, vero? Hai deciso anche per me», dice scuotendo la testa.

«Non c'è nulla di cui discutere», tento di ricacciare indietro l'emozione che provo solo guardandolo.

«C'è molto di cui parlare, invece e pensa che non mi sono nemmeno arrabbiato, non ci sono riuscito», dice Jake alzandosi in piedi e iniziando a spingere la mia carrozzina.

«Dove mi stai portando?», domando voltandomi verso di lui.

«A casa», risponde semplicemente.

«Casa nostra, dove dobbiamo stare», aggiunge poi.

«Jake, ora sto con Sam. Siamo tornati insieme», mento spudoratamente.

Jake ride.

«Sam, di certo ti vuole davvero bene, ma no, non state insieme. È stato lui a dirmi la verità, a raccontarmi cosa hai fatto per me», rivela fermandosi davanti alla sua macchina.

Mi prende in braccio come se fossi una bambola di pezza e mi deposita sul sedile del passeggero allacciandomi la cintura, poi mette dietro la mia carrozzina e sale al posto di guida.

«Jake, ti dice qualcosa il fatto io non ti abbia più voluto vedere? È meglio così», commento voltandomi dall'altra parte.

«Mi dice che, probabilmente, in tutta la mia vita non conoscerò mai nessun'altra che mi ami così tanto e profondamente, Ellie», mormora obbligandomi a girare il volto verso di lui.

Mi sento soffocare.

«Jake, meriti di meglio», gli dico in faccia quello che penso.

«Cosa è meglio? Delle gambe per correre? Oppure un figlio che fino a oggi non ho mai desiderato? E se lo desiderassi potremmo adottarlo. È meglio solo una cosa per me: stare con la persona che amo, ma soprattutto che mi ama nel modo in cui lo fai tu. Solo qualcuno che mi ama come solo tu sai fare, sarebbe stato capace di rinunciare per lasciarmi libero e di fare in modo che nemmeno sapessi cosa le fosse successo davvero. Hai dovuto affrontare da sola la notizia che ti avevano asportato l'utero e che, probabilmente, non avresti più camminato. Hai dovuto sopportare il dolore di starmi lontano e in tutto questo hai pensato solo di rendere più felice me. Allora dimmi: cosa è questo meglio che potrei avere rispetto a tutto ciò che mi hai dato?», domanda guardandomi negli occhi.

C'è una verità tale nel suo sguardo che mi toglie il respiro.

«Jake...», riesco solo a sussurrare.

Dopo Jake mi bacia con forza, mi apre immediatamente le labbra attorcigliando la lingua attorno alla mia mentre le sue mani mi avvolgono il viso.

«Ecco cosa è il meglio», dice strofinandomi il pollice sul labbro.

È passato un mese da quando sono andato a prendere Ellie quel giorno alla riabilitazione e la nostra vita è molto cambiata.

Finalmente ha iniziato ad avere dei risultati dalla fisioterapia e, adesso, con un bastone cammina.

La dottoressa ci ha detto che entro qualche mese tornerà tutto alla normalità.

Finalmente Ellie ha capito che quello che ci lega va oltre a un pregiudizio o a un numero scritto su un documento d'identità.

Oltre a essere diventata più forte relativamente all'incidente che ha avuto, riuscendo a ottenere notevoli risultati, è diventata anche più forte rispetto alle malignità che dice la gente su di noi e non le importa più, per davvero.

Quando andiamo a mangiare fuori siamo seguiti da occhiatine curiose, ma se una volta Ellie si irrigidiva, adesso la vedo voltarsi verso chi lo fa sorridente.

Tra qualche mese, sicuramente, potrà riaprire lo studio, ma la cosa più importante è che ha ripreso a fare foto.

La porto io, durante i fine settimana, ovunque l'ispirazione le dica di scattare e, quando serve, le monto tutta l'attrezzatura necessaria, ormai sono più esperto di un fotografo professionista.

Le offerte per i suoi scatti hanno iniziato a piovere quasi subito, proprio come i primi tempi dopo la gara a New York e sono molto felice per lei.

Questo fine settimana abbiamo affittato una casetta sul mare, a Southampton, e ho appena finito di deporre la cena sul tavolo in veranda davanti a Ellie che si complimenta estasiata per le mie doti culinarie.

«Oggi ho venduto tutte le foto scattate lo scorso fine settimana al castello di Stirling, le ha prese un locale che sta per aprire, hanno il tema medievale e hanno voluto tutti gli scatti. Non ho fatto in tempo a caricarle sul sito che erano vendute. Mentre quelle che abbiamo fatto al paesaggio sono state selezionate per una mostra», spiega con gli occhi che le brillano.

«Ne sono molto felice, ti ho sempre detto che sei bravissima», mi complimento.

«Non è vero, non bastava», scuote la testa lei.

«Non dire sciocchezze», la contraddico subito.

«Ti devo confessare una cosa», afferma poggiando le posate.

«Ti ascolto», la esorto a parlare facendo altrettanto.

«Qualche anno fa, se ti ricordi, ti avevo invitato alla mia prima mostra, coincideva con il mio compleanno. Tu non eri potuto venire», inizia a rievocare.

«Me lo ricordo e mi dispiace tantissimo», mi scuso immediatamente.

«Non è un problema, non era di questo che volevo parlare. Quella mostra non andò bene come avrebbe dovuto, o meglio:

le immagini che avevamo fatto insieme a New York, sono state vendute tutte in un batter d'occhio, almeno quelle che erano rimaste, le foto che ho scattato io dopo, qui in Inghilterra, sono rimaste quasi tutte invendute. Qualche tempo dopo Peter, il proprietario della galleria, mi fece notare qualcosa che mi ostinavo a non vedere. Seppure fossero bellissimi scatti, erano privi di emozione. Quando lui mi ci mise davanti, capii. Tutte le mie foto veramente belle, io le ho fatte con te presente. Sei tu che scateni dentro di me quella voglia di vivere che mi fa vedere il mondo con altri occhi, che mi permette di cogliere davvero l'attimo imprimendo nello scatto quello che fa la differenza», rivela Ellie abbassando lo sguardo.

Non so cosa dire.

«Jake, la verità è che ho sempre saputo, anche all'inizio, che eri l'unico che mi avrebbe potuto rendere felice, che mi faceva sentire viva, che mi permetteva di essere davvero me stessa senza fingere. Solo che mi ha fatto una paura fottuta e sono stata una codarda e, se non lo fossi stata, io e te saremmo stati insieme da quella prima volta di luglio in albergo. Ti amo, Jake. Ti ho sempre amato e credo che ti amerò per sempre», termina lei guardandomi negli occhi.

«Anche io», rispondo avvicinandomi a lei per baciarla.

Il sole tramonta incendiandoci entrambi e credo che questo amore bruciante rimarrà per sempre tale.

Io ed Ellie siamo come due tessere di un puzzle che si incastrano alla perfezione e un'altra combinazione non esiste, non esisterà mai. Lontani non siamo niente, insieme il mondo cambia.

Ecco cosa è l'amore.

ALTRI LIBRI

TASTE ME

«J ago», sussurro nel buio della mia stanza vuota.

Due sillabe che mi si sono impiantate dentro e non vogliono uscire dalla mia testa.

Correvo per Central Park, la mia vita era perfetta nella sua normalità. Stavo cercando di smaltire la tensione, mancavano due giorni al mio matrimonio con Easton. Dopo una falcata vigorosa, il mio cellulare si era sganciato volando via e andando a schiantarsi contro l'esemplare maschile più bello che avessi mai visto. Non riesco a smettere di pensare a lui, cosa dovrei fare?

"Niente Piper, assolutamente niente!".

Devo dimenticarlo, scordarmene per sempre e stasera, grazie alla fantastica festa di addio al nubilato che mi ha organizzato Melanie, mi ubriacherò talmente tanto che non ricorderò nemmeno più il mio nome, figurarsi quello dell'avvenente sconosciuto o il suo intrigante tatuaggio.

L'alcool scorre a fiumi mentre osservo distrattamente i corpi statuari del gruppo di spogliarellisti che si dimenano davanti a me e le mie amiche, quando il cuore mi balza in gola.

Jago.

"Il destino ha deciso di darmi il tormento?".

E le sorprese che mi ha preparato Melanie non finiscono qui.

Svegliandomi nel mio letto, è il pensiero degli occhi di Jago che mi fa scorrere un brivido lungo la schiena.

Lui è rabbia, dolore, estasi e passione tutto insieme, è la devastazione di tutto ciò in cui ho creduto sino a ieri, si è portato via il senso di ogni cosa.

"Piper, stai per sposarti, non lo rivedrai mai più!".

Posso dimenticare una notte del genere? Sarò capace di presentarmi all'altare e giurare eterna fedeltà a Easton?

Romanzo Rosa Autoconclusivo
ATTENZIONE: il libro contiene scene e linguaggio esplicito

KINDLE

CARTACEO

PROFILO AMAZON LUNA COLE

PAGINA FACEBOOK Luna Cole Autrice

FORBIDDEN LOVE

Negare con me stessa non serve più a niente.

Ogni volta che Jared mi abbraccia, o mi dà un bacio sulla guancia, desidero voltare la testa e incontrare la sua bocca... quelle labbra carnose che mi tolgono il sonno.

É ormai da mesi che ne sono ossessionata. É il mio tarlo,

chiodo fisso, pensiero costante, chiamatelo come volete. Non c'è un istante della giornata in cui io non pensi a lui tormentandomi e ogni volta che lo incrocio mi manca il respiro.

Non sarebbe mai successo niente tra me e lui, Jared non avrebbe corrisposto i miei sentimenti e io avrei proseguito ad annegare in un amore a senso unico che mi avrebbe dilaniata.

Jared che vuole proteggermi, Jared che si prende cura di me quando sono infelice, Jared che mi dice quanto sono importante per lui. Jared che ha una fidanzata: Evelyn.

Devo togliermelo dalla testa, per questo frequento altri ragazzi, per questo gli racconto che soffro per un amore non corrisposto, non posso avvicinarmi a lui, non come vorrei. Ogni giorno che passa, però, lo sento sempre più sotto la pelle, una pelle che mai sarò libera di sentire contro la mia. Il motivo non è che Jared è fidanzato, quello è l'ultimo dei miei problemi.

Il mio cuore è tormentato da qualcosa di molto più devastante, qualcosa di proibito.

Trova il coraggio di scoprire la mia storia.

Emma.

KINDLE
CARTACEO
PROFILO AMAZON LUNA COLE
PAGINA FACEBOOK Luna Cole Autrice

DIRTY MAN

Lui è il suo datore di lavoro.
Lei la sua domestica.

Jorge è un uomo sporco.

Pericoloso.

Fa cose che non dovrebbero mai coinvolgere una ragazza per bene e ha un cuore di ghiaccio.

Sei pronta a infrangere le tue regole e ad attenerti alle sue?

Cosa succede quando metti la marcia sbagliata e vai a sbattere contro l'auto lussuosa del tuo datore di lavoro?

Lucy commette questo grosso errore, e adesso, se non vuole indebitarsi fino alla fine dei suoi giorni è costretta a sottostare alle richieste di Jorge Harrison.

Un uomo ricco con dei segreti, affascinante quanto perverso, la vuole.

Ora Lucy non sarà più una semplice domestica per lui, è in suo pugno fino a quando Jorge non considererà il debito saldato.

Ma sarà realmente solo una storia di sesso?

KINDLE
CARTACEO
PROFILO AMAZON LUNA COLE
PAGINA FACEBOOK Luna Cole Autrice

RINGRAZIAMENTI

Come trovare le parole migliori per esprimervi la mia gratitudine per aver letto questo libro?

La verità è che non ce ne sono di adatte, quindi dico solo **GRAZIE** dal più profondo del cuore.

Le vostre recensioni su Amazon mi aiutano a migliorare e a capire cosa vi piace, ma soprattutto danno un po' più di visibilità alle mie opere consentendo a un nuovo lettore di sceglierle, grazie anche per questo, non vedo l'ora di leggere i vostri pareri sulla storia di Ellie e Jake.

Ho voluto trattare il tema della differenza d'età, ma nel modo inverso in cui viene trattato di solito.

Si trova quasi sempre un uomo molto più maturo in questo tipo di libri e mi piaceva dare un'impronta un po' più originale alla storia.

Con questo non voglio certo dire non esistano storie così, anzi, ma almeno è un po' meno diffusa.

Grazie infinite alla mia editor per aver speso del tempo su questa storia e un grazie enorme per la copertina.

Le ho amate tutte, ma questa... WOW!

Be' spero piaccia anche a voi, cari lettori!

Grazie a chi ha impaginato il libro.

Ho passato tutta l'estate a rivedere questa storia perché temevo che la differenza d'età al contrario vi facesse storcere il naso, ma se avete letto anche le altre mie storie sapete che mi piacciono le vicende non troppo semplici e molto controverse.

Grazie a tutte le lettrici che hanno letto *Taste me* fidandosi di conoscere una nuova autrice al suo primo libro, grazie anche a coloro che mi hanno conosciuta con questo, spero volete leggere anche le altre storie più vecchie e farmi sapere il vostro parere, vi aspetto sulla mia pagina Facebook!

Molto presto avrete delle news sul prossimo libro, lo sto scrivendo ed è una storia molto intrigante e ricca di colpi di scena, non vedo l'ora di presentarvi i prossimi protagonisti!

Alla prossima storia!

Luna

Printed in Great Britain
by Amazon

43347378R00130